OTHON

TRAGEDIE.

Par P. CORNEILLE.

A PARIS,

Chez GVILLAVME DE LVYNE, Libraire-Iuré, au Palais dans la Sale des Merciers, à la Iustice.

M. DC. LXV.

Auec Privilege du Roy.

AV LECTEVR.

SI mes amis ne me trompent, cette Piéce égale ou passe la meilleure des miennes. Quantité de suffrages illustres & solides se sont déclarez pour elle, & si i'ose y mesler le mien, ie vous diray que vous y trouverez quelque iustesse dans la conduite, & un peu de bon sens dans le raisonnement. Quant aux Vers, on n'en a point veu de moy que i'aye travaillez avec plus de soin. Le Suiet est tiré de Tacite, qui commence ses Histoires par celle-cy, & ie n'en ay encor mis aucune sur le Théatre a qui i'aye gardé plus de fidélité, & prété plus d'invention. Les Caractéres de ceux que i'y fais parler y sont les mesmes que chez cet incomparable Autheur, que i'ay traduit tant qu'il m'a été possible. I'ay tasché de faire paroistre les vertus de mon Héros en tout leur esclat, sans en dissimuler les vices non-plus que luy, & ie me suis contenté de les attribuër à une Politique de Cour, où quand le Souverain se plonge dans les débauches, & que sa faveur n'est qu'à ce prix, il y a presse à qui sera de la partie. I'y ay conservé les évenemens, & pris la liberté de changer la maniére dont ils arrivent, pour en ietter tout le crime sur un meschant homme, qu'on soupçonna deslors d'avoir donné des ordres secrets pour la mort de Vinius, tant leur inimitié étoit forte & déclarée. Othon avoit promis à ce Consul d'épouser sa fille s'il le pouvoit faire choisir à Galba pour successeur, & comme il se vit

Empereur sans son ministere, il se creut dégagé de cette promesse, & ne l'épousa point. Ie n'ay pas voulu aller plus loin que l'Histoire, & ie puis dire qu'on n'a point encor veu de Piéce, où il se propóse tant de mariages pour n'en conclure aucun. Ce sont intrigues de Cabinet qui se détruisent les unes les autres. I'en diray davantage, quand mes Libraires ioindront celle-cy aux recueils qu'ils ont fait de celles de ma façon qui l'ont précédée.

ACTEVRS.

GALBA.	Empereur de Rome.
VINIVS.	Consul.
OTHON.	Sénateur Romain Amant de Plautine.
LACVS.	Préfet du Prétoire.
CAMILLE.	Niepce de Galba.
PLAVTINE.	Fille de Vinius Amante d'Othon.
MARTIAN.	Affranchy de Galba.
ALBIN.	Amy d'Othon.
ALBIANE	Sœur d'Albin, & Dame d'honneur de Camille.
FLAVIE.	Amie de Plautine.
ATTICVS.	Soldats Romains.
RVTILE.	Soldats Romains.

LA SCENE *est à Rome dans le Palais Impérial.*

OTHON TRAGEDIE.

ACTE PREMIER.

SCENE I.

OTHON, ALBIN.

ALBIN.

VOSTRE amitié, Seigneur, me rendra téméraire,
J'en abuſe, & je ſçay que je vay vous déplaire;
Que vous condamnerés ma curioſité:
Mais je croirois vous faire une infidélité
Si je vous cachois rien de ce que j'entens dire
De voſtre amour nouveau ſous ce nouvel Empire.
On s'étonne de voir qu'un homme tel qu'Othon,
Othon, dont les hauts faits ſoûtiennent le grand nom,

Daigne d'un Vinius se réduire à la fille,
S'attache à ce Consul, qui ravage, qui pille,
Qui peut tout, je l'avoüe, auprés de l'Empereur ;
Mais dont tout le pouvoir ne sert qu'à faire horreur,
Et détruit d autant plus, que plus on le voit croistre,
Ce que l'on doit d'amour aux vertus de son Maistre.

OTHON.

Ceux qu'on voit s'étonner de ce nouvel amour
N'ont jamais bien conçû ce que c'est que la Cour.
Vn homme tel que moy jamais ne s'en détache,
Il n'est point de retraite ou d'ombre qui le cache,
Et si du Souverain la faveur n'est pour luy,
Il faut, ou qu'il périsse, ou qu'il prenne un appuy.
Quand le Monarque agit par sa propre conduite,
Mes pareils sans péril se rangent à sa suite,
Le mérite & le sang nous y font discerner,
Mais quand ce Potentat se laisse gouverner ;
Et que de son pouuoir les grands dépositaires
N'ont pour raisons d'Etat que leurs propres affaires,
Ces lasches ennemis de tous les gens de cœur
Cherchent à nous pousser avec toute rigueur,
A moins que nostre adroite & prompte servitude
Nous dérobe aux fureurs de leur inquiétude.
Si-tost que de Galba le Senat eut fait choix,
Dans mon Gouvernement j'en établis les loix,
Et je fus le prémier qu'on vit au nouveau Prince
Donner toute une Armée & toute une Province :
Ainsi je me comptois de ses prémiers Suivants,
Mais déja Vinius auoit pris les devants ;
Martian l'Affranchy dont tu vois les pillages,
Avoit avec Lacus fermé tous les passages ;
On n'approchoit de luy que sous leur bon-plaisir ;
I'eus donc pour m'y produire un des trois à choisir.
Ie les voyois tous trois se haster sous un Maistre
Qui chargé d'un long âge a peu de temps à l'estre,

Et tous trois à l'envy s'empresser ardemment
A qui dévoreroit ce régne d'un moment.
I'eus horreur des appuis qui restoient seuls à prendre,
I'espéray quelque temps de m'en pouvoir défendre :
Mais quand Nymphidius dans Rome assassiné
Fit place au favory qui l'avoit condamné,
Que Lacus par sa mort fut Préfet du Prétoire,
Que pour couronnement d'une action si noire,
Les mesmes assassins furent encor percer
Varron, Tarquilian, Capiton, & Macer,
Ie vis qu'il étoit temps de prendre mes mesures,
Qu'on perdoit de Néron toutes les créatures,
Et que demeuré seul de toute cette Cour
A moins d'un Protecteur j'aurois bien-tost mon tour.
Ie choisis Vinius dans cette défiance,
Pour plus de seureté j'en cherchay l'alliance,
Les autres n'ont ny sœur, ny fille à me donner,
Et d'eux sans ce grand nœud tout est à soupçonner.

ALBIN.

Vos vœux furent reçûs ?

OTHON.

Oüy déja l'Hyménée,
Auroit avec Plautine uny ma destinée,
Si ces rivaux d'Estat n'en sçavoient divertir
Vn Maistre qui sans eux n'ose rien consentir.

ALBIN.

Ainsi tout vostre amour n'est qu'une Politique,
Et le cœur ne sent point ce que la bouche explique ?

OTHON.

Il ne le sentit pas, Albin, du prémier jour,
Mais cette Politique est devenuë amour,
Tout m'en plaist, tout m'en charme, & mes prémiers scrupules
Près d'un si cher objet passent pour ridicules

Vinius est Consul, Vinius est puissant,
Il a de la naissance, & s'il est agissant,
S'il suit des favoris la pente trop commune,
Plautine haït en luy ces soins de sa fortune,
Son cœur est noble & grand.

ALBIN.

Quoy qu'elle ait de vertu,
Vous dévriez dans l'ame estre un peu combatu.
La niepce de Galba pour dot aura l'Empire,
Et vaut bien que pour elle à ce prix on soûpire.
Son oncle doit bien-tost luy choisir un époux.
Le mérite & le sang font vn éclat en vous,
Qui pour y joindre encor celuy du Diadéme...

OTHON.

Quand mon cœur se pourroit soustraire à ce que j'aime,
Et que pour moy Camille auroit tant de bonté
Que je deusse espérer de m'en voir écouté,
Si, comme tu le dis, sa main doit faire un Maistre,
Aucun de nos tyrans n'est encor las de l'estre,
Et ce seroit tous trois les attirer sur moy,
Qu'aspirer sans leur ordre à recevoir sa foy,
Sur tout de Vinius le sensible courage
Feroit tout pour me perdre après un tel outrage,
Et se vangeroit mesme à la face des Dieux,
Si j'auois sur Camille osé tourner les yeux.

ALBIN.

Pensez-y toutesfois, ma sœur est auprès d'elle,
Ie puis vous y servir, l'occasion est belle,
Tout autre amant que vous s'en laisseroit charmer,
Et je vous dirois plus si vous osiez l'aimer.

OTHON.

Porte à d'autres qu'à moy cette amorce inutile,
Mon cœur tout à Plautine, est fermé pour Camille,

La beauté de l'objet, la honte de changer,
Le succés incertain, l'infaillible danger,
Tout fait à tes projets d'invincibles obstacles.

ALBIN.

Seigneur, en moins de rien il se fait des miracles,
A ces deux grands rivaux peut-estre il seroit doux
D'oster à Vinius un gendre tel que vous.
Et si l'un par bon-heur à Galba vous propose...
Ce n'est pas qu'aprés tout j'en sçache aucune chose,
Ie leur suis trop suspect pour s'en ouvrir à moy,
Mais si je vous puis dire enfin ce que j'en croy,
Ie vous proposerois si j'étois en leur place.

OTHON.

Aucun d'eux ne fera ce que tu veux qu'il fasse,
Et s'ils peuvent jamais trouver quelque douceur,
A faire que Galba choisisse un successeur.
Ils voudront par ce choix se mettre en asseurance,
Et n'en proposeront que de leur dépendance.
Ie sçay... Mais Vinius que j'aperçoy venir...

SCENE II.

VINIVS, OTHON.

VINIVS.

LAissez-nous seuls, Albin, je veux l'entretenir.
Ie croy que vous m'aimez Seigneur, & que ma fille
Vous fait prendre interest en toute la famille.
Il en faut une preuve, & non pas seulement
Qui consiste aux devoirs dont s'empresse un amant,

Il la faut plus ſolide, il la faut d'un grand homme,
D'un cœur digne en effet de commander à Rome.
Il faut ne plus l'aimer.

OTHON.

Quoy! pour preuue d'amour...

VINIVS.

Il faut faire encor plus, Seigneur en ce grand jour,
Il faut aimer ailleurs.

OTHON.

Ah! que m'oſez-vous dire?

VINIVS.

Ie ſçay qu'à ſon Hymen tout voſtre cœur aspire;
Mais elle, & vous, & moy, nous allons tous périr,
Et voſtre change ſeul nous peut tous ſecourir.
Vous me devez, Seigneur, peut-eſtre quelque choſe,
Sans moy, ſans mon crédit qu'à leurs deſſeins j'oppoſe,
Lacus & Martian vous auroient peu ſouffert,
Il faut à voſtre tour rompre un coup qui me perd,
Et que, ſi voſtre cœur ne s'arrache à Plautine,
Vous enuelopera tous deux en ma rüine.

OTHON.

Dans le plus doux espoir de mes vœux acceptez
M'ordonner que je change! & vous-meſme!

VINIVS.

Ecoutez,
L'honneur que nous feroit voſtre illuſtre Hymenée
Des deux que j'ay nommez tient l'ame ſi geſnée,
Que juſqu'icy Galba qu'ils obſédent tous deux
A refuſé ſon ordre à l'effet de nos vœux:
L'obſtacle qu'ils y font vous peut monſtrer ſans peine
Quelle eſt pour vous & moy leur envie & leur haine,
Et qu'aujourd'huy de l'air dont nous nous regardons,
Ils nous perdront bien-toſt ſi nous ne les perdons.
C'eſt une verité qu'on voit trop manifeſte,
Et ſur ce fondement, Seigneur, je paſſe au reſte.

Galba vieil & cassé qui se voit sans enfans
Croit qu'on méprise en luy la foiblesse des ans,
Et qu'on ne peut aimer à servir sous un Maistre
Qui n'aura pas loisir de le bien reconnoistre.
Il voit de toutes parts du tumulte excité,
Le soldat en Syrie est presque revolté.
Vitellius avance avec la force unie
Des troupes de la Gaule & de la Germanie,
Ce qu'il a de vieux corps le souffre avec ennuy,
Tous les Prétoriens murmurent contre luy,
De leur Nymphidius l'indigne sacrifice
De qui se l'immola leur demande justice ;
Il le sçait, & prétend par un jeune Empereur
Ramener les esprits & calmer leur fureur.
Il espere un pouvoir ferme, plein, & tranquille,
S'il nomme pour César un époux de Camille ;
Mais il balance encor sur ce choix d'un époux,
Et je ne puis, Seigneur, m'asseurer que sur vous.
I'ay donc pour ce grand choix vanté vostre courage,
Et Lacus à Pison a donné son suffrage ;
Martian n'a parlé qu'en termes ambigus,
Mais sans doute il ira du costé de Lacus,
Et l'unique reméde est de gagner Camille,
Si sa voix est pour nous, la leur est inutile,
Nous serons pareil nombre, & dans l'égalité,
Galba pour cette niepce aura de la bonté.
Il a remis exprès à tantost d'en résoudre,
De nos testes, sur eux, détournez cette foudre,
Ie vous le dis encor, contre ces grands jaloux
Ie ne me puis, Seigneur, asseurer que sur vous.
De vostre prémier choix quoy que je doive attendre,
Ie vous aime encor mieux pour maistre que pour gendre,
Et je ne voy pour nous qu'un naufrage certain,
S'il nous faut recevoir un Prince de leur main.

OTHON.

Ah! Seigneur, sur ce point c'est trop de confiance,
C'est vous tenir trop seur de mon obéïssance,
Ie ne prens plus de loix que de ma passion,
Plautine est l'objet seul de mon ambition,
Et si vostre amitié me veut détacher d'elle,
La haine de Lacus me seroit moins cruelle.
Que m'importe après tout, si tel est mon mal-heur,
De mourir par son ordre, ou mourir de douleur?

VINIVS.

Seigneur, un grand courage à quelque point qu'il aime,
Sçait toûjours au besoin se posséder soy-mesme.
Poppée avoit pour vous du moins autant d'appas,
Et quand on vous l'osta vous n'en mourustes pas.

OTHON.

Non, Seigneur, mais Poppée étoit une infidelle,
Qui n'en vouloit qu'au trosne, & qui m'aimoit moins qu'elle,
Ce peu qu'elle eut d'amour ne fit du lit d'Othon
Qu'un degré pour monter à celuy de Néron,
Elle ne m'épousa qu'afin de s'y produire,
D'y ménager sa place au hazard de me nuire.
Aussi j'en fus banny sous un titre d'honneur,
Et pour ne me plus voir, on me fit Gouverneur,
Mais j'adore Plautine & je régne en son ame,
Nous ordonner d'éteindre une si belle flame,
C'est... je n'ose le dire. Il est d'autres Romains,
Seigneur, qui sçauront mieux appuyer vos desseins,
Il en est dont le cœur pour Camille soûpire,
Et qui seront ravis de vous devoir l'Empire.

VINIVS.

Ie veux que cét espoir à d'autres soit permis,
Mais étes-vous fort seur qu'ils soient de nos amis?

Sçauez-vous mieux que moy s'ils plairont à Camille ?

OTHON.

Et croyez-vous pour moy qu'elle soit plus facile ?
Pour moy, que d'autres vœux...

VINIVS.

A ne vous rien celer,
Sortant d'auec Galba, j'ay voulu luy parler,
I'ay voulu sur ce point préssentir sa pensée.
I'en ay nommé plusieurs pour qui je l'ay préssée,
A leurs noms, un grand froid, un front triste, un œil bas,
M'ont fait voir aussi-tost qu'ils ne luy plaisoient pas ;
Au vostre elle a rougy, puis s'est mise à soûrire,
Et m'a soudain quitté sans me vouloir rien dire.
C'est à vous qui sçavez ce que c'est que d'aimer
A juger de son cœur ce qu'on doit présumer.

OTHON.

Ie n'en veux rien juger, Seigneur, & sans Plautine
L'amour m'est un poison, le bon-heur m'assassine,
Et toutes les douceurs du pouvoir souverain
Me sont d'affreux tourmens, s'il m'en couste sa main.

VINIVS.

De tant de fermeté j'aurois l'ame ravie,
Si cét excés d'amour nous asseuroit la vie ;
Mais il nous faut le trosne, ou renoncer au jour,
Et quand nous périrons, que servira l'amour ?

OTHON.

A de vaines frayeurs un noir soupçon vous livre,
Pison n'est point crüel & nous laissera vivre.

VINIVS.

Il nous laissera vivre & je vous ay nommé !
Si de nous voir dans Rome il n'est point alarmé,
Nos communs ennemis qui prendront sa conduite
En préviendront pour luy la dangereuse suite.
Seigneur, quand pour l'Empire on s'est veu désigner,
Il faut, quoy qu'il arrive, ou périr, ou régner.

Le posthume Agrippa vécut peu sous Tibére,
Néron n'épargna point le sang de son beau-frére,
Et Pison vous perdra par la mesme raison,
Si vous ne vous hastez de prévenir Pison.
Il n'est point de milieu qu'en saine Politique...

OTHON.

Et l'amour est la seule où tout mon cœur s'applique.
Rien ne vous a servy, Seigneur, de me nommer,
Vous voulez que je régne, & je ne sçay qu'aimer.
Ie pourrois sçauoir plus si l'astre qui domine
Me vouloit faire un jour régner avec Plautine,
Mais dérober son ame à de si doux appas,
Pour attacher sa vie à ce qu'on n'aime pas!

VINIVS.

Et bien, si cét amour a sur vous tant de force,
Regnez, qui fait des loix peut bien faire un divorce,
Du trosne on considére enfin ses vrais amis,
Et quand vous pourrez tout, tout vous sera permis.

SCENE III.

VINIVS, OTHON, PLAVTINE.

PLAVTINE.

NOn-pas, Seigneur, non-pas, quoy que le Ciel m'envoye,
Ie ne veux rien tenir d'une honteuse voye,
Et cette lascheté qui me rendroit son cœur
Sentiroit le tyran & non-pas l'Empereur.
A vostre seureté, puisque le péril presse,
I'immoleray ma flame & toute ma tendresse.

Et je vaincray l'horreur d'un si cruel devoir,
Pour conserver le jour à qui me l'a fait voir.
Mais ce qu'à mes desirs je fais de violence
Fuït les honteux appas d'une indigne espérance,
Et la vertu qui dompte & bannit mon amour
N'en souffrira jamais qu'un vertüeux retour.

OTHON.

Ah que cette vertu m'appreste un dur supplice!
Seigneur, & le moyen que je vous obéisse?
Voyez, & s'il se peut, pour voir tout mon tourment,
Quittez vos yeux de pére, & prenez-en d'amant.

VINIVS.

L'estime de mon sang ne m'est pas interdite,
Je luy voy des attraits, je luy voy du mérite,
Je croy qu'elle en a mesme assez pour engager,
Si quelqu'un nous perdoit, quelqu'autre à nous vanger.
Par là nos ennemis la tiendront redoutable,
Et sa perte par là devient inévitable.
Je voy de plus, Seigneur, que je n'obtiendray rien,
Tant que vostre œil blessé rencontrera le sien,
Que le temps se va perdre en repliques frivoles,
Et pour les éviter j'achéve en trois paroles.
Si vous manquez le trosne il faut périr tous trois;
Préuenez-, attendez cét ordre à vostre choix,
Je me remets à vous de ce qui vous regarde:
Mais en ma fille & moy ma gloire se hazarde,
De ses jours & des miens je suis maistre absolu,
Et j'en disposeray comme j'ay résolu.
Je ne crains point la mort, mais je hay l'infamie
D'en recevoir la loy d'une main ennemie,
Et je sçauray verser tout mon sang en Romain
Si le choix que j'attens ne me retient la main.
C'est dans une heure ou deux que Galba se déclare,
Vous sçavez l'un & l'autre à quoy je me prepare.
Résoluez-en ensemble.

SCENE IV.

OTHON, PLAVTINE.

OTHON.

ARreſtez-donc, Seigneur,
Et s'il faut prévenir ce mortel des-honneur
Recevez-en l'éxemple, & jugez ſi la honte...

PLAVTINE.

Quoy, Seigneur, à mes yeux une fureur ſi prompte?
Ce noble deſeſpoir ſi digne des Romains,
Tant qu'ils ont du courage eſt toûjours en leurs mains,
Et pour vous, & pour moy fuſt-il digne d'un Temple,
Il n'eſt pas encor temps de m'en donner l'éxemple.
Il faut vivre, & l'amour nous y doit obliger
Pour me ſauver un pére, & pour me protéger.
Quand vous voyez ma vie à la voſtre attachée,
Faut-il que malgré-moy voſtre ame effarouchée
Pour m'ouvrir le tombeau haſte voſtre treſpas,
Et m'avance un deſtin où je ne conſents pas?

OTHON.

Quand il faut m'arracher tout cét amour de l'ame,
Puis-je que dans mon ſang en éteindre la flame?
Puis-je ſans le treſpas...

PLAVTINE.

Et vous ay-je ordonné
D'eſteindre tout l'amour que je vous ay donné?
Si l'injuſte rigueur de noſtre deſtinée
Ne permet plus l'eſpoir d'un heureux Hyménée,

Il

Il est un autre amour dont les vœux innocens,
S'élévent au dessus du commerce des sens.
Plus la flame en est pure & plus elle est durable,
Il rend de son objet le cœur inséparable,
Il a de urais plaisirs dont ce cœur est charmé,
Et n'aspire qu'au bien d'aimer & d'estre aimé:

OTHON.

Qu'un tel épurement demande un grand courage!
Qu'il est mesme aux plus grands d'un difficile usage!
Madame, permettés que je die à mon tour
Que tout ce que l'honneur peut souffrir à l'amour
Vn amant le soûhaite, il en veut l'espérance.
Et se croit mal aimé s'il n'en a l'asseurance.

PLAVTINE.

Aimez-moy toutefois sans l'attendre de moy.
Et ne m'enviez point l'honneur que j'en reçoy.
Quelle gloire à Plautine, ô Ciel, de pouvoir dire
Que le choix de son cœur fut digne de l'Empire,
Qu'un Héros destiné pour maistre à l'Vnivers
Voulut borner ses vœux à vivre dans ses fers,
Et qu'à moins que d'un ordre absolu d'elle-mesme,
Il auroit renoncé pour elle au Diadéme?

OTHON.

Ah! qu'il faut aimer peu pour faire son bon-heur,
Pour tirer vanité d'un si fatal honneur?
Si vous m'aimiez Madame, il vous seroit sensible
De voir qu'à d'autres vœux mon cœur fut accessible,
Et la nécessité de le porter ailleurs
Vous auroit fait déja partager mes douleurs.
Mais tout mon desespoir n'a rien qui vous alarme,
Vous pouvez perdre Othon sans verser une larme,
Vous en témoignez joye, & vous-mesme aspirez
A tout l'excès des maux qui me sont préparez,

PLAVTINE.

Que vostre aueuglement a pour moy d'injustice?

Pour épargner vos maux, j'augmente mon ſupplice,
Ie ſouffre, & c'eſt pour vous que j'oſe m'impoſer
La geſne de ſouffrir, & de le déguiſer.
Tout ce que vous ſentez, je le ſens dans mon ame,
I'ay meſmes déplaiſirs comme j'ay meſme flame,
I'ay mémes deſespoirs, mais je ſçay les cacher,
Et paroiſtre inſenſible afin de moins toucher.
Faites à vos déſirs pareille violence,
Retenez-en l'éclat, ſauvez-en l'apparence,
Au péril qui nous preſſe immolez le dehors,
Et pour vous faire aimer monſtrez d'autres transports
Ie ne vous défens point une douleur müette,
Pourveu que noſtre front n'en ſoit point l'interpré te,
Et que de voſtre cœur vos yeux jndépendans
Triomphent comme moy des troubles du dedans.
Suivez, paſſez l'éxemple, & portez à Camille
Vn viſage content, vn viſage tranquille,
Qui luy laiſſe accepter ce que vous offrirez,
Et ne démente rien de ce que vous direz.

OTHON.

Hélas? Madame, hélas! que pourray-je luy dire?

PLAVTINE.

Il y va de ma vie, il y va de l'Empire,
Réglez-vous là-deſſus. Le temps ſe perd, Seigneur,
Adieu, donnez la main, mais gardez-moy le cœur,
Ou ſi c'eſt trop pour moy, donnez & l'un & l'autre,
Emportez mon amour & retirez le voſtre:
Mais dans ce triſte état, ſi je vous fais pitié,
Conſérvez-moy toûjours l'eſtime, & l'amitié,
Et n'oubliez jamais quand vous ſerez le maiſtre.
Que c'eſt moy qui vous force & qui vous aide à l'eſtre.

OTHON.

Que ne m'eſt-il permis d'éviter par ma mort
Les barbares rigueurs d'un ſi crüel effort?

Fin du prémier Acte.

ACTE SECOND.

SCENE I.

PLAVTINE, FLAVIE.

PLAVTINE.

DY-moy donc, lors qu'Othon s'est offert à Camille,
A-t'il paru contraint? a-t'elle été facile?
Son hommage auprès d'elle a-t'il eu plein effet?
Comment l'a-t'elle pris, & comment l'a-t'il fait?

FLAVIE.

I'ay tout veu, mais enfin vostre humeur curieuse
A vous faire un supplice est trop ingénieuse
Quelque reste d'amour qui vous parle d'Othon,
Madame, oubliez-en, s'il se peut, jusqu'au nom:
Vous vous étes vaincuë en faveur de sa gloire,
Goustez un plein triomphe après vostre victoire.
Le dangereux récit que vous me commandez
Est un nouveau combat où vous vous hazardez.
Vostre ame n'en est pas encor si détachée
Qu'il puisse aimer ailleurs sans qu'elle en soit touchée,
Prenez moins d'intérest à l'y voir réüssir,
Et fuyez le chagrin de vous en éclaircir.

PLAVTINE.

Ie le force moy-mesme à se monstrer volage,
Et regardant son change ainsi que mon ouvrage,
I'y prens un intérest qui n'a rien de jaloux,
Qu'on l'accepte, qu'il régne, & tout m'en sera doux.

FLAVIE

I'en doute, & rarement une flame si forte
Souffre qu'à nostre gré ses ardeurs....

PLAVTINE.

Que t'importe?
Laisse m'en le hazard, & sans dissimuler
Dy de quelle maniere il a sçû luy parler.

FLAVIE.

N'imputez donc qu'à vous si vostre ame inquiéte
En ressent malgré-moy quelque gesne sécrette.
Othon à la Princesse a fait un compliment
Plus en homme de Cour qu'en véritable amant.
Son éloquence accorte enchaisnant avec grace
L'excuse du silence à celle de l'audace,
En termes trop choisis accusoit le respect
D'avoir tant retardé cét hommage suspect.
Ses gestes concertez, ses regards de mesure
Ny laissoient aucun mot aller à l'avanture,
On ne voyoit que pompe en tout ce qu'il peignoit,
Iusque dans ses soûpirs la justesse régnoit,
Et suivoit pas-à-pas un effort de memoire
Qu'il étoit plus aisé d'admirer que de croire.
Camille sembloit mesme assés de cét avis,
Elle auroit mieux gousté des discours moins suivis,
Ie l'ay veu dans ses yeux, mais cette défiance
Avoit avec son cœur trop peu d'intelligence;
De ces justes soupçons ses souhaits indignez
Les ont tout aussi-tôt détruits, ou dédaignez.
Elle a voulu tout croire, & quelque retenuë
Qu'ait sçû garder l'amour dont elle est prévenuë

On a veu par ce peu qu'il laissoit échaper,
Qu'elle prenoit plaisir à se laisser tromper,
Et que si quelquefois l'horreur de la contrainte
Forçoit le triste Othon à soupirer sans feinte,
Soudain l'avidité de régner sur son cœur
Imputoit à l'amour ces soupirs de douleur.

PLAVTINE.

Et sa réponse en fin ?

FLAVIE.

Elle a paru civile,
Mais la civilité n'est qu'amour en Camille,
Comme en Othon l'amour n'est que civilité.

PLAVTINE.

Et n'a-t'elle rien dit de sa légéreté ?
Rien de la foy qu'il semble avoir si mal gardée ?

FLAVIE.

Elle a sçû rejetter cette fascheuse idée,
Et n'a pas témoigné qu'elle sçeust seulement
Qu'on l'eut veu pour vos yeux soupirer un moment.

PLAVTINE.

Mais qu'a-t'elle promis ?

FLAVIE.

Que son devoir fidelle
Suivroit ce que Galba voudroit ordonner d'elle,
Et de peur d'en trop dire & d'ouvrir trop son cœur,
Elle l'a renvoyé soudain vers l'Empereur,
Il luy parle à présent. Qu'en dites-vous, Madame,
Et de cét entretien que souhaite vostre ame ?
Voulez-vous qu'on l'accepte, ou qu'il n'obtienne rien ?

PLAVTINE.

Moy-mesme à dire vray je ne le sçay pas bien.
Comme des deux costez le coup me sera rude,
I'aimerois à joüir de cette inquiétude,
Et tiendrois à bon-heur le reste de mes jours
De n'en sortir jamais, & de douter toujours.

FLAVIE.

Mais il faut se résoudre & vouloir quelque chose.

PLAVTINE.

Souffre sans m'alarmer que le Ciel en dispose.
Quand son ordre une fois en aura résolu,
Il nous faudra vouloir ce qu'il aura voulu.
Ma raison cependant céde Othon à l'Empire,
Il est de mon honneur de ne m'en pas dédire,
Et soit ce grand souhait volontaire, ou forcé,
Il est beau d'achever comme on a commencé.
Mais je voy Martian?

SCENE II.

MARTIAN, FLAVIE, PLAVTINE.

PLAVTINE.

QVe venez-vous m'apprendre.

MARTIAN.

Que de vostre seul choix l'Empire va dépendre,
Madame.

PLAVTINE

Quoy, Galba voudroit suivre mon choix?

MARTIAN.

Non, mais de son Conseil nous ne sommes que trois,
Et si pour vostre Othon vous voulez mon suffrage,
Je vous le viens offrir avec un humble hommage.

PLAVTINE.

Auec ?

MARTIAN.

Auec des vœux sincéres & soûmis,
Qui feront encor plus si l'espoir m'est permis.

PLAVTINE.

Quels vœux, & quel espoir ?

MARTIAN.

Cét important seruice,
Qu'un si profond respect vous offre en sacrifice . . .

PLAVTINE.

Et bien, il remplira mes désirs les plus doux,
Mais pour reconnoissance, enfin, que voulez-vous ?

MARTIAN.

La gloire d'estre aimé.

PLAVTINE.

De qui ?

MARTIAN.

De vous, Madame

PLAVTINE.

De moy-mesme ?

MARTIAN.

De vous, j'ay des yeux, & mon ame,

PLAVTINE.

Vôtre ame en me faisant cette civilité
Devroit l'accompagner de plus de vérité.
On n'a pas grande foy pour tant de déference,
Lors qu'on voit que la suite a si peu d'apparence.
L'offre sans doute est belle, & bien digne d'un pris,
Mais en le choisissant vous vous étes mépris ;
Si vous me connoissiez, vous feriez mieux paroistre . . .

MARTIAN.

Hélas ! mon mal ne vient que de vous trop connoistre,
Mais vous mesme après tout ne vous connoissez pas,
Quand vous croyez si peu l'effet de vos appas.

Si vous daigniez ſçauoir quel eſt voſtre mérite,
Vous ne douteriez point de l'amour qu'il excite.
Othon m'en ſert de preuve, il n'auoit rien aimé,
Depuis que de Poppée il s'étoit veu charmé,
Bien que d'entre ſes bras Neron l'eût enlevée,
L'image dans ſon cœur s'en étoit conſervée,
La mort meſme, la mort n'auoit pû l'en chaſſer;
A vous ſeule étoit deû l'honneur de l'effacer,
Vous ſeule d'un coup d'œil emportaſtes la gloire
D'en faire évanoüir la plus douce mémoire,
Et d'avoir ſçeu réduire à de nouveaux ſouhaits
Ce cœur impénétrable aux plus charmants objets.
Et vous vous étonnez que pour vous ie ſoûpire!

PLAVTINE.

Ie m'étonne bien plus que vous me l'oſiez dire,
Ie m'étonne de voir qu'il ne vous ſouvient plus
Que l'heureux Martian fuſt l'esclaue Icélus,
Qu'il a changé de nom ſans changer de viſage.

MARTIAN.

C'eſt ce crime du Sort qui m'enfle le courage.
Lors qu'en dépit de luy je ſuis ce que je ſuis,
On voit ce que je vaux voyant ce que je puis.
Vn pur hazard ſans nous régle noſtre naiſſance;
Mais comme le mérite eſt en noſtre puiſſance,
La honte d'un deſtin qu'on vit mal aſſorty
Fait dautant plus d'honneur quand on en eſt ſorty.
Quelque tache en mon ſang que laiſſent mes Anceſtres,
Depuis que nos Romains ont accepté des maiſtres.
Ces maiſtres ont toûjours fait choix de mes pareils
Pour les prémiers emplois, & les ſecrets conſeils,
Ils ont mis en nos mains la fortune publique,
Ils ont ſoûmis la Terre à noſtre Politique:
Patrobe, Polyclétе, & Narciſſe, & Pallas,
Ont déposé des Rois, & donné des Eſtats,

On nous enléve au trosne au sortir de nos chaisnes,
Sous Claude on vit Félix le mary de trois Reines,
Et quand l'amour en moy vous présente un époux
Vous me traitez d'esclave, & d'indigne de vous!
Madame, en quelque rang que vous ayez pû naistre,
C'est beaucoup que d'avoir l'oreille du grand maistre.
Vinius est Consul & Lacus est Préfet,
Ie ne suis l'un ny l'autre, & suis plus en effet,
Et de ces Consulats, & de ces Préféctures
Ie puis quand il me plaist faire des Créatures,
Galba m'écoute enfin, & c'ét estre aujourd'huy,
Quoy que sans ces grands noms, le prémier d'aprés luy.

PLAVTINE.

Pardonnez donc, Seigneur, si je me suis méprise,
Mon orgueïl dans vos fers n'a rien qui l'authorise,
Ie viens de me connoistre, & me vois à mon tour
Indigne des honneurs qui suivent vostre amour.
Avoir brisé ces fers, fait vn dégré de gloire
Au dessus des Consuls, des Prefets, du Prétoire,
Et si de cét amour je n'ose estre le prix,
Le respect m'en empesche, & non plus le mépris,
On m'avoit dit pourtant que souvent la Nature
Gardoit en vos pareils sa prémiére teinture,
Que ceux de nos Césars qui les ont écoutez
Ont tous soüillé leurs noms par quelques laschetez,
Et que pour dérober l'Empire à cette honte
L'Vnivers a besoin qu'un vray Héros y monte.
C'est ce qui me faisoit y souhaiter Othon:
Mais à ce que j'apprends ce souhait n'est pas bon,
Laissons-en faire aux Dieux, & faites vous justice,
D'un cœur vraiment Romain dédaignez le caprice,
Cent Reines à l'envy vous prendront pour époux,
Félix en eut bien trois, & valoit moins que vous.

MARTIAN.

Madame, encore vn coup, souffrez que je vous aime,
Songez que dans ma main j'ay le pouuoir supréme,
Qu'entre Othon & Pison mon suffrage incertain,
Suivant qu'il panchera, va faire un Souverain.
Ie n'ay fait jusqu'icy qu'empescher l'Hyménée
Qui d'Othon avec vous eust ioint la destinée,
I'aurois pû hazarder quelque chose de plus;
Ne m'y contraignez point à force de refus.
Quand vous cédez Othon, me souffrir en sa place,
Peut-estre ce sera faire plus d'une grace;
Car de vous voir à luy ne l'espérez jamais.

SCENE III.

PLAVTINE, LACVS, MARTIAN, FLAVIE.

LACVS.

MAdame, enfin Galba s'accorde à vos souhaits,
Et j'ay tant fait sur luy que dès cette journée
De vous avec Othon il consent l'Hyménée.

PLAVTINE.

Qu'en dites vous, Seigneur? pourrez vous bien souffrir
Cét Hymen que Lacus de sa part vient m'offrir?
Le Grand-Maistre à parlé, voudrez vous l'en dédire,
Vous qu'on voit après luy le prémier de l'Empire?
Doy-je me ravaler iusques à cét époux?
Ou doy-je par vostre ordre aspirer jusqu'à vous?

LACVS.

Quel Enigme eſt ce-cy, Madame?

PLAVTINE.

Sa grande ame
Me faiſoit tout à l'heure un préſent de ſa flame;
Il m'aſſeuroit qu'Othon jamais ne m'obtiendroit,
Et diſoit à demy qu'un refus nous perdroit.
Vous m'oſez cependant aſſeurer du contraire,
Et je ne ſçay pas bien quelle réponſe y faire.
Comme en de certains temps il fait bon s'expliquer,
En d'autres il vaut mieux ne s'y point embarquer.
Grands Miniſtres d'Etat, accordez vous enſemble,
Et je pourray vous dire aprés ce qui m'en ſemble.

SCENE IV.

LACVS MARTIAN.

LACVS.

Vous aimez donc Plautine, & c'eſt là cette foy?
Qui contre Vinius vous attachoit à moy?

MARTIAN.

Si les yeux de Plautine ont pour moy quelque charme
Y trouvez-vous, Seigneur, quelque ſujet d'alarme?
Le moment bien-heureux qui m'en feroit l'époux
Réüniroit par moy Vinius avec vous,
Par-là de nos trois cœurs l'amitié reſſaiſie
En déracineroit, & haine, & jalouſie;
Le pouvoir de tous trois par tous trois affermy
Auroit pour nœud commun ſon gendre en voſtre amy

Et quoy que contre vous il osast entreprendre...

LACVS.

Vous seriez mon amy, mais vous seriez son gendre,
Et c'est un foible appuy des intérests de Cour
Qu'une vieille amitié contre un nouvel amour.
Quoy que veuille éxiger une femme adorée,
La résistance est vaine, ou de peu de durée,
Elle choisit ses temps, & les choisit si bien,
Qu'on se voit hors d'état de luy refuser rien.
Vous mesme étes vous seur que ce nœud la retienne
D'ajouster, s'il le faut, vostre perte à la mienne?
Apprenez que des cœurs séparez à regret
Trouvent de se rejoindre aisément le secret.
Othon n'a pas pour elle éteint toutes ses flâmes,
Il sçait comme aux maris on arrache les femmes,
Cét art sur son éxemple est commun aujourd'huy;
Et son maistre Néron l'avoit appris de luy.
Après tout je me trompe, ou près de cette belle...

MARTIAN.

I'espére en Vinius, si je n'espére en elle.
Et l'offre pour Othon de luy donner ma voix,
Soudain en ma faveur emportera son choix.

LACVS.

Quoy, vous nous donneriez vous-mesme Othon pour maistre?

MARTIAN.

Et quel autre dans Rome est plus digne de l'estre?

LACVS.

Ah! pour en estre digne, il l'est, & plus que tous,
Mais aussi pour tout dire, il en sçait trop pour nous.
Il sçait trop ménager ses vertus & ses vices;
Il étoit sous Néron de toutes ses délices,
Et la Lusitanie a veu ce mesme Othon
Gouverner en Cesar, & juger en Caton.

Tout

Tout favory dans Rome, & tout maistre en Province,
De lasche courtisan il s'y montra grand Prince,
Et son ame ployante attendant l'avenir
Sçait faire également sa Cour & la tenir.
Sous un tel Souverain nous sommes peu de chose.
Son soin jamais sur nous tout-à-fait ne repose,
Sa main seule départ ses liberalitez,
Son choix seul distribüe Etats & Dignitez,
Du timon qu'il embrasse il se fait le seul guide,
Consulte & résout seul, écoute & seul décide,
Et quoy que nos emplois puissent faire de bruit,
Si-tost qu'il nous veut perdre, un coup d'œil nous détruit.
Voyez d'ailleurs Galba, quel pouvoir il nous laisse,
En quel poste sous luy nous a mis sa foiblesse.
Nos ordres réglent tout, nous donnons, retranchons,
Rien n'est éxécuté dès que nous l'empeschons,
Comme par un de nous il faut que tout s'obtienne,
Nous voyons nostre Cour plus grosse que la sienne,
Et nostre indépendance iroit au dernier point,
Si l'heureux Vinius ne la partageoit point,
Nostre unique chagrin est qu'il nous la dispute.
L'âge met cependant Galba près de sa cheute,
De peur qu'il nous entraisne il faut un autre appuy,
Mais il le faut pour nous aussi foible que luy.
Il nous en faut prendre un qui satisfait des titres
Nous laisse du pouvoir les suprèmes arbitres.
Pison a l'ame simple & l'esprit abatu,
S'il a grande naissance, il a peu de vertu;
Non de cette vertu qui déteste le crime,
Sa probité sévére est digne qu'on l'estime,
Elle a tout ce qui fait un grand homme de bien,
Mais en un Souverain c'est peu de chose, ou rien,
Il faut de la prudence, il faut de la lumiére,
Il faut une vigueur adroite autant que fiére,

Qui pénétre, éblouïsse, & séme des appas..
Il faut mille vertus en fin qu'il n'aura pas.
Luy-mesme il nous prîra d'avoir soin de l'Empire,
En sçaura seulement ce qu'il nous plaira dire,
Plus nous l'y tiendrons bas, plus il nous mettra haut,
Et c'est là justement le maistre qu'il nous faut.

MARTIAN.

Mais, Seigneur, sur le trosne élever un tel homme,
C'est mal servir l'Etat, & faire opprobre à Rome.

LACVS.

Et qu'jmporte à tous deux de Rome & de l'Etat?
Qu'jmporte qu'on leur voye ou plus, ou moins d'éclat?
Faisons nos seuretez & moquons-nous du reste.
Point, point de bien public, s'il nous devient funeste,
De nostre grandeur seule ayons des cœurs jaloux,
Ne vivons que pour nous, & ne pensons qu'à nous.
Ie vous le dis encor, mettre Othon sur nos testes,
C'est nous livrer tous deux à d'horribles tempestes.
Si nous l'en voulons croire, il nous devra le tout,
Mais de ce grand projet s'il vient par nous à bout,
Vinius en aura luy seul tout l'avantage,
Comme il l'a proposé, ce sera son ouvrage,
Et la mort, ou l'éxil, ou les abaissemens,
Seront pour vous & moy ses vrais remercimens.

MARTIAN.

Ouy, nostre seureté veut que Pison domine.
Obtenez-en pour moy qu'il m'asseure Plautine,
Ie vous promets pour luy mon suffrage à ce prix.
La violence est juste aprés de tels mépris,
Commençons à joüir par-là de son Empire,
Et voyons s'il est homme à nous oser dédire.

LACVS.

Quoy vostre amour toûjours fera son capital
Des attraits de Plautine & du nœud conjugal?

Et bien il faudra voir qui sera plus utile
D'en croire... mais voicy la Princesse Camille.

SCENE V.

CAMILLE, LACUS, MARTIAN, ALBIANE.

CAMILLE.

Je vous rencontre ensemble icy fort à propos
Et voulois à tous deux vous dire quatre mots.
Si j'en croy certain bruit que je ne puis vous taire,
Vous poussez un peu loin l'orgueïl du ministére,
On dit que sur mon rang vous étendez sa loy,
Et que vous vous meslez de disposer de moy:

MARTIAN.

Nous, Madame?

CAMILLE.

Faut-il que je vous obéïsse,
Moy, dont Galba prétend faire une Impératrice?

LACUS.

L'un & l'autre sçait trop quel respect vous est dû.

CAMILLE.

Le crime en est plus grand, si vous l'avez perdu.
Parlez, qu'avez-vous dit à Galba l'un & l'autre?

MARTIAN.

Sa pensée a voulu s'asseurer sur la nostre,
Et s'étant proposé le choix d'un successeur
Pour laisser à l'Empire un digne possesseur,

Sur ce don impréveu qu'il fait du Diadème
Vinius a parlé, Lacus a fait de mesme,

CAMILLE.

Et ne sçavez-vous point, & Vinius, & vous,
Que ce grand successeur doit estre mon époux ?
Que le don ma main suit ce don de l'Empire ?
Galba par vos conseils voudroit-il s'en dédire ?

LACVS.

Il est toûjours le mesme, & nous avons parlé
Suivant ce qu'à tous deux le Ciel a révélé.
En ces occasions luy qui tient les Couronnes
Inspire les avis sur le choix des personnes.
Nous avons creû d'ailleurs pouvoir sans attentat
Faire vos intérests de ceux de tout l'Etat:
Vous ne voudriez pas en avoir de contraires.

CAMILLE.

Vous n'avez, vous ny luy, pensé qu'à vos affaires,
Et nous offrir Pison c'est assez témoigner...

LACVS.

Le trouvez-vous, Madame, indigne de régner ?
Il a de la vertu, de l'esprit, du courage,
Il a de plus...

CAMILLE.

De plus il a vostre suffrage,
Et c'est assez dequoy mériter mes refus.
Par respect de son sang je ne dis rien de plus.

MARTIAN.

Aimeriez-vous Othon que Vinius propose ?
Othon dont vous sçavez que Plautine dispose,
Et qui n'aspire icy qu'à luy donner sa foy ?

CAMILLE.

Qu'il brusle encor pour elle, ou la quitte pour moy,
Ce n'est pas vostre affaire, & vostre éxactitude
Se charge en ma faveur de trop d'inquiétude.

LACVS.

Mais l'Empereur consent qu'il l'épouse aujourd'huy,
Et moy-mesme je viens de l'obtenir pour luy.

CAMILLE.

Vous en a-t'il prié ? dites, ou si l'envie...

LACVS.

Vn véritable amy n'attend point qu'on le prie.

CAMILLE.

Cette amitié me charme, & je dois avoüer
Qu'Othon a jusqu'icy tout lieu de s'en loüer,
Que l'heureux contre-temps d'un si rare service...

LACVS.

Madame...

CAMILLE.

Croyez-moy, mettez bas l'artifice,
Ne vous hazardez point à faire un Empereur.
Galba connoît l'Empire, & je connoy mon cœur,
Ie sçay ce qui m'est propre, il voit ce qu'il doit faire,
Et quel Prince à l'Etat est le plus salutaire ;
Si le Ciel vous inspire, il aura soin de nous,
Et sçaura sur ce point nous accorder sans vous.

LACVS.

Si Pison vous déplaist, il en est quelques autres ..

CAMILLE.

N'attachez point icy mes intérests aux vostres,
Vous avez de l'esprit, mais j'ay des yeux perçans.
Ie voy qu'il vous est doux d'estre les tous-puissans,
Et je n'empesche point qu'on ne vous continuë
Vostre toute-puissance au point qu'elle est venuë ;
Mais quant à cét époux, vous me ferez plaisir
De trouver bon qu'enfin je puisse le choisir.
Ie m'aime un peu moy-mesme, & n'ay pas grande envie
De vous sacrifier le repos de ma vie.

MARTIAN.

Puisqu'il doit avec vous régir tout l'Vnivers...

CAMILLE.

Faut-il vous dire encor que j'ay des yeux ouverts ?
Ie voy jusqu'en vos cœurs, & m'obstine à me taire,
Mais je pourrois enfin dévoiler le mystére.

MARTIAN.

Si l'Empereur nous croit...

CAMILLE.

Sans doute il vous croira,
Sans doute je prendray l'époux qu'il m'offrira.
Soit qu'il plaise à mes yeux, soit qu'il me choque en l'ame
Il sera vostre maistre, & je seray sa femme ;
Le temps me donnera sur luy quelque pouvoir,
Et vous pourrez alors vous en apercevoir.
Voila les quatre mots que j'avois à vous dire,
Pensez-y ?

SCENE VI.

LACVS, MARTIAN.

MARTIAN.

Ce couroux que Pison nous attire...,

LACVS.

Vous vous en alarmez ? laissons la discourir,
Et ne nous perdons pas de crainte de périr,

MARTIAN.

Vous voyez quel orgueil contre nous l'intéresse.

LACVS.

Plus elle m'en fait voir, plus je voy sa foiblesse.
Faisons régner Pison, & malgré ce couroux,
Vous verrez qu'elle-mesme aura besoin de nous.

Fin du second Acte.

ACTE TROISIEME.

SCENE I.

CAMILLE ALBIANE.

CAMILLE.

TON frére te l'a dit, Albiane ?

ALBIANE.

Oüy, Madame ?
Galba choisit Pison, & vous étes sa femme,
Où pour en mieux parler l'esclave de Lacus,
A moins d'un éclatant & généreux refus.

CAMILLE.

Et que dévient Othon ?

ALBIANE.

Vous allez voir sa teste
De vos trois ennemis affermir la conqueste,
Ie veux dire, asseurer vostre main à Pison,
Et l'Empire aux tyrans qui font régner son nom.
Car comme jl n'a pour luy qu'une suite d'Ancestres,
Lacus & Martian vont étre nos vrais maistres,
Et Pison ne sera qu'un jdole sacré
Qu'ils tiendront sur l'Autel pour répondre à leur gré.

Sa probité stupide autant comme farouche
A prononcer leurs loix asservira sa bouche,
Et le prémier Arrest qu'ils luy feront donner
Les défera d'Othon qui les peut détrosner.

CAMILLE.

O Dieux, que je le plains!

ALBIANE.

Il est sans doute à plaindre,
Si vous l'abandonnez à tout ce qu'il doit craindre;
Mais comme enfin la mort finira son ennuy,
Je crains fort de vous voir plus à plaindre que luy.

CAMILLE.

L'Hymen sur un époux donne quelque puissance.

ALBIANE.

Octavie a péry sur cette confiance.
Son sang qui fume encore vous monstre à quel dessein
Peut exposer vos jours un nouveau Tigellin;
Ce grand choix vous en donne à craindre deux ensemble,
Et pour moy plus j'y songe, & plus pour vous je tremble.

CAMILLE.

Quel remède, Albiane?

ALBIANE.

Aimer, & faire voir....

CAMILLE.

Que l'amour est sur moy plus fort que le devoir?

ALBIANE.

Songez moins à Galba qu'à Lacus qui vous brave,
Et qui vous fait encor braver par un esclave,
Songez à vos périls, & peut-estre à son tour
Ce devoir passera du costé de l'amour.
Bien que nous devions tout aux puissances suprèmes,
Madame, nous devons quelque chose à nous-mesmes,
Sur tout quand nous voyons des ordres dangereux
Sous ces grands Souverains partir d'autres que d'eux.

CAMILLE.

Mais Othon m'aime-t-il?

ALBIANE.

S'il vous aime? ah! Madame?

CAMILLE.

On a creu que Plautine avoit toute son ame.

ALBIANE.

On l'a dû croire aussi, mais on s'est abusé.
Autrement, Vinius l'auroit-il proposé?
Auroit-il pû trahir l'espoir d'en faire un gendre?

CAMILLE.

En feignant de l'aimer que pouvoit-il prétendre?

ALBIANE.

De s'approcher de vous, & se faire en la Cour
Vn accès libre & seur pour un plus digne amour.
De Vinius par-là gagnant la bien-veillance,
Il a sçû le jetter dans une autre esperance,
Et le flater d'un rang plus haut, & plus certain,
S'il devenoit par vous Empereur de sa main.
Vous voyez à ces soins que Vinius s'applique
En mesme temps qu'Othon auprès de vous s'explique.

CAMILLE.

Mais à se déclarer il a bien attendu.

ALBIANE.

Mon frére jusque-là vous-en a répondu!

CAMILLE.

Tandis tu m'as réduite à faire un peu d'avance,
A consentir qu'Albin combatist son silence,
Et méme Vinius, dès qu'il me l'a nommé.
A pû voir aisément qu'il pourroit estre aimé.

ALBIANE.

C'est la gesne où réduit celles de vôtre sorte
La scrupuleuse loy du respect qu'on leur porte.
Il arréte les vœux, captive les désirs,
Abaisse les regards, étouffe les soûpirs,

Dans le milieu du cœur enchaisne sa tendresse,
Et tel est en aimant le sort d'une Princesse,
Que quelque amour qu'elle aye & qu'elle ait pû donner,
Il faut qu'elle devine, & force à deviner.
Quelque peu qu'on luy die, on craint de luy trop dire,
A peine on se hazarde à jurer qu'on l'admire,
Et pour apprivoiser ce respect ennemy
Il faut qu'en dépit d'elle elle s'offre à demy.
Voyés vous comme Othon sçauroit encor se taire,
Si je ne l'avois fait enhardir par mon frere ?

CAMILLE.

Tu le crois-donc, qu'il m'aime ?

ALBIANE.

Et qu'il luy seroit dous
Que vous eussiez pour luy l'amour qu'il a pour vous.

CAMILLE.

Hélas ! que cét amour croit tost ce qu'il souhaite !
En vain la raison parle, en vain elle inquiéte,
En vain la défiance ose ce qu'elle peut,
Il veut croire, & ne croit que parce qu'il le veut.
Pour Plautine ou pour moy je voy du stratagème,
Et m'obstine avec joye à m'aveugler moy-mesme,
Ie plains cette abusée, & c'est moy qui la suis
Peut-estre, & qui me livre à d'éternels ennuis.
Peut-estre en ce moment qu'il m'est doux de te croire
De ses vœux à Plautine il asseure la gloire,
Peut-estre ...

SCENE II.

CAMILLE, ALBIN, ALBIANE.

ALBIN.

L'Empereur vient icy vous trouver,
Pour vous dire son choix, & le faire approuver.

S'il vous déplaiſt, Madame, il faut de la conſtance,
Il faut une fidelle & noble réſiſtance,
Il faut...

CAMILLE.

De mon devoir ie ſçauray prendre ſoin.
Allez chercher Othon pour en eſtre témoin.

SCENE III.

GALBA, CAMILLE, ALBIANE.

GALBA.

QVand la mort de mes fils déſola ma famille,
Ma niéce, mon amour vous prit deſlors pour fille,
Et regardant en vous les reſtes de mon ſang,
Ie flatay ma douleur en vous donnant leur rang.
Rome qui m'a depuis chargé de ſon Empire,
Quand ſous le poids de l'âge à peine je reſpire,
A veu ce méme amour me le faire accepter,
Moins pour me ſeoir ſi haut, que pour vous y porter.
Non que ſi jusque-là Rome pouvoit renaiſtre
Qu'elle fuſt en état de ſe paſſer de Maiſtre,
Ie ne me cruſſe digne en cét heureux moment
De commencer par moy ſon rétabliſſement:
Mais cét Empire immenſe eſt trop vaſte pour elle,
A moins que d'une teſte un ſi grand corps chancelle,
Et pour le nom des Rois ſon inuincible horreur
S'eſt d'ailleurs ſi bien faite aux loix d'un Empereur,
Qu'elle ne peut ſouffrir aprés cette habitude,
Ny pleine liberté, ny pleine ſeruitude.

Elle veut donc un Maiſtre, & Néron condamné
Fait voir ce qu'elle veut en un front couronné.
Vindex, Rufus, ny moy, n'avons causé ſa perte,
Ses crimes ſeuls l'ont faite, & le Ciel l'a ſoufferte,
Pour marque aux Souverains qu'ils doivent par l'effet
Répondre dignement au grand choix qu'il en fait.
Iusques à ce grand coup, un honteux esclavage
D'une ſeule maiſon nous faiſoit l'héritage,
Rome n'en a repris au lieu de liberté
Qu'un droit de mettre ailleurs la ſouveraineté,
Et laiſſer après moy dans le troſne un grand homme,
C'eſt tout ce qu'aujourd'huy je puis faire pour Rome.
Prendre un ſi noble ſoin, c'eſt en prendre de vous,
Ce maiſtre qu'il luy faut vous eſt dû pour époux,
Et mon zèle s'unit à l'amour paternelle
Pour vous en donner un digne de vous & d'elle.
Iule, & le grand Auguste ont choiſi dans leur ſang
Ou dans leur alliance à qui laiſſer ce rang,
Moy ſans conſiderer aucun nœud domestique
Fut fait ce choix comme eux, mais dans la République,
Ie l'ay fait de Piſon, c'eſt le ſang de Craſſus,
C'eſt celuy de Pompée, il en a les vertus,
Et ces fameux Heros dont il ſuivra la trace
Ioindront de ſi grands noms aux grands noms de ma race,
Qu'il n'eſt point d'Hyménée, en qui l'égalité
Puiſſe élever l'Empire à plus de Dignité.

CAMILLE.

I'ay tâché de répondre à cét amour de pére
Par un tendre reſpect qui chérit & révére,
Seigneur, & je voy mieux encor par ce grand choix
Et combien vous m'aimez, & combien je vous dois,
Ie ſçay ce qu'eſt Piſon, & quelle eſt ſa nobleſſe ;
Mais ſi j'oſe à vos yeux montrer quelque foibleſſe,

Quelque

Quelque digne qu'il soit & de Rome & de moy,
Ie tremble à luy promettre & mon cœur & ma foy,
Et j'avoûray, Seigneur, que pour mon Hyménée
Ie croy tenir un peu de Rome où je suis née.
Ie ne demande point la pleine liberté,
Puisqu'elle en a mis bas l'intrépide fierté ;
Mais si vous m'imposez la pleine servitude,
I'y trouveray comme elle un joug un peu bien rude.
Ie suis trop ignorante en matiére d'Etat,
Pour sçavoir quel doit estre un si grand Potentat ;
Mais Rome dans ses murs n'a-t'-elle qu'un seul homme ?
N'a-t'-elle que Pison qui soit digne de Rome,
Et dans tous ses Etats n'en sçauroit-on voir deux,
Que puissent vos bontez hazarder à mes vœux ?
Néron fit aux vertus une crüelle guerre,
S'il en a dépeuplé les trois parts de la Terre
Et si pour nous donner de dignes Empereurs,
Pison seul avec vous échape à ses fureurs.
Il est d'autres Héros dans un si vaste Empire,
Il en est qu'aprés vous on se plairoit d'élire,
Et qui sçauroient mesler sans vous faire rougir
L'Art de gagner les cœurs au grand Art de régir.
D'une vertu sauvage on craint un dur Empire,
Souvent on s'en dégouste au moment qu'on l'admire,
Et puisque ce grand choix me doit faire un époux,
Il seroit bon qu'il eust quelque chose de doux,
Qu'on vist en sa personne également paroistre
Les graces d'un Amant & les hauteurs d'un Maistre,
Et qu'il fust aussi propre à donner de l'amour,
Qu'à faire icy trembler sous luy toute la Cour.
Souvent un peu d'amour dans le cœur des Monarques
Accompagne assez bien leurs plus illustres marques

Ce n'est pas qu'aprés tout je pense à résister,
I'aime à vous obéïr, Seigneur sans contester,
Pour prix d'vn sacrifice où mon cœur se dispose,
Permettez qu'un époux me doive quelque chose.
Dans cette servitude où se plaist mon desir
C'est quelque liberté qu'un ou deux à choisir.
Vostre Pison peut-estre aura dequoy me plaire,
Quand il ne sera plus un mary nécessaire,
Et son amour pour moy sera plus asseuré,
S'il voit à quels rivaux ie l'auray préféré.

GALBA.

Ce long raisonnement dans sa délicatesse
A vos tendres respects mesle beaucoup d'adresse;
Si le refus n'est juste, il est doux & civil.
Parlez donc, & sans feinte, Othon vous plairoit-il?
On me l'a proposé, qu'y trouvez-vous à dire?

CAMILLE.

L'avez vous creu d'abord indigne de l'Empire,
Seigneur?

GALBA.

Non, mais depuis consultant ma raison
I'ay trouvé qu'il falloit luy préférer Pison.
Sa vertu plus solide, & toute inébranlable,
Nous fera comme Auguste un siécle incomparable,
Où l'autre par Néron dans le vice abîmé,
Raménera ce luxe où sa main l'a formé,
Et tous les attentats de l'infame licence
Dont il osa souiller la suprème puissance.

CAMILLE.

Othon près d'un tel Maistre a sceu se ménager,
Iusqu'à ce que le temps ait pû l'en dégager.
Qui sçait faire sa Cour se fait aux mœurs du Prince,
Mais il fut tout à soy quand il fut en Province,
Et sa haute vertu par d'illustres effets,
Y dissipa soudain ces vices contrefaits.

Chaque jour a ſous vous groſſi ſa renommée ;
Mais Piſon n'eut jamais de Charge, ny d'Armée,
Et comme il a vécu juſqu'icy ſans employ,
On ne ſçait ce qu'il vaut que ſur ſa bonne foy.
Ie veux croire en faueur des Héros de ſa race
Qu'il en a les vertus, qu'il en ſuivra la trace,
Qu'il en égalera les plus illuſtres noms,
Mais j'en croirois bien mieux de grandes actions.
Si dans un long éxil il a paru ſans vice,
La vertu des bannis ſouvent n'eſt qu'artifice,
Sans vous avoir ſervy vous l'avez ramené :
Mais l'autre eſt le prémier qui vous ait couronné,
Dès qu'il vid deux partis, il ſe rangea du voſtre,
Ainſi l'un vous doit tout, & vous devez à l'autre.

GALBA.

Vous prendrez donc le ſoin de m'acquiter vers luy,
Et comme pour l'Empire il faut un autre appuy,
Vous croirez que Piſon eſt plus digne de Rome,
Pour ne plus en douter ſuffit que je le nomme.

CAMILLE.

Pour Rome & ſon Empire, après vous je le croy,
Mais je doute ſi l'autre eſt moins digne de moy.

GALBA.

Doutez-en, un tel doute eſt bien digne d'une ame
Qui voudroit de Néron revoir le ſiécle infame,
Et qui voyant qu'Othon luy reſſemble le mieux,

CAMILLE.

Choiſiſſez de vous meſme, & je ferme les yeux,
Que vos ſeules bontez de tout mon ſort ordonnent,
Ie me donne en aveugle à qui qu'elles me donnent.
Mais quand vous conſultez Lacus & Martian,
Vn époux de leur main me paroit un tyran,
Et ſi j'oſe tout dire, en cette conjoncture,
Ie regarde Piſon comme leur créature,

Qui régnant par leur ordre, & leur prétant sa voix,
Me forcera moy-mesme a recevoir leurs loix.
Ie ne veux point d'un trosne où je sois leur captive,
Où leur pouvoir m'enchaisne & quoy qu'il en arrive,
I'aime mieux un mary qui sçache estre Empereur,
Qu'un mary qui le soit & souffre un Gouverneur.

GALBA.

Ce n'est pas mon dessein de contraindre les ames,
N'en parlõs plus, dans Rome il sera d'autres femme
A qui Pison en vain n'offrira pas sa foy :
Vostre main est à vous, mais l'Empire est à moy.

SCENE IV.

GALBA, OTHON, CAMILLE, ALBIN, ALBIANE.

GALBA.

Othon, est-il bien vray que vous aimiez Camille ?

OTHON.

Cette témérité m'est sans doute inutile,
Mais si j'osois, Seigneur, dans mon sort adoucy :

GALBA.

Non, non, si vous l'aimez, elle vous aime aussi,
Son amour près de moy vous rend de tels offices,
Que je vous en fais don pour prix de vos services,
Ainsi bien qu'à Lacus j'aye accordé pour vous
Qu'aujourd'huy de Plautine on vous verroit l'époux.
L'illustre & digne ardeur d'une flâme si belle,
M'en fait révoquer l'ordre, & vous obtient pour elle.

OTHON.

Vous m'en voyez de joye interdit & confus.
Quand je me pronõçois moy-méme un prompt refus,
Que j'attendois l'effet d'une juste colére,
Ie suis assez heureux pour ne vous pas déplaire !
Et loin de condamner des vœux trop élevez....

GALBA.

Vous sçavez mal encor combien vous luy devez.
Son cœur de telle force à vostre Hymen aspire,
Que pour mieux estre à vous il renonce à l'Empire.
Choisissez donc ensemble à communs sentimens
Des Charges dans ma Cour, ou des Gouvernemens,
Vous n'avez qu'à parler.

OTHON.

Seigneur, si la Princesse....

GALBA.

Pison n'en voudra pas dédire ma promesse.
Ie l'ay nommé César pour le faire Empereur,
Vous sçavez ses vertus, je répons de son cœur.
Adieu, pour observer la forme accoûtumée,
Ie le vay de ma main présenter à l'Armée.
Pour Camille, en faveur de cét heureux lien,
Tenez vous asseuré qu'elle aura tout mon bien,
Ie la fais de ce jour mon unique héritiére.

SCENE V.

OTHON, CAMILLE, ALBIN, ALBIANE.

CAM.

Vous pouvez voir par là mon ame toute entiére,
Seigneur, & je voudrois en vain la déguiser,
Aprés ce que pour vous l'amour me fait oser;
Ce que Galba pour moy prend le soin de vous dire..

OTHON.

Quoy donc, Madame, Othon vous cousteroit l'Empire?
Il sçait mieux ce qu'il vaut, & n'est pas d'un tel prix,
Qu'il le faille acheter par ce noble mépris.
Il se doit opposer à cét effort d'estime,
Où s'abaisse pour luy ce cœur trop magnanime,
Et par un mesme effort de magnanimité
Rendre une ame si haute au trône mérité.
D'un si parfait amour quelles que soient les causes...

CAMILLE.

Ie ne sçay point, Seigneur, faire valoir les choses,
Et dans ce prompt succès dont nos cœurs sont charmez
Vous me devez bien moins que vous ne présumez.
Il semble que pour vous je renonce à l'Empire.
Et qu'un amour aveugle ait sceu me le prescrire;
Ie vous aime, il est vray, mais si l'Empire est doux,
Ie croy m'en asseurer quand je me donne à vous.
Tant que vivra Galba, le respect de son âge,
Du moins apparemment, soûtiendra son suffrage,
Pison croira régner: mais peut-estre qu'un jour
Rome se permettra de choisir à son tour.

A faire un Empereur alors quoy qui l'excite,
Qu'elle en veuille la race, ou cherche le mérite,
Nostre union aura des voix de tous costez,
Puisque j'en ay le sang, & vous les qualitez.
Sous un nom si fameux qui vous rend préférable,
L'héritier de Galba sera considérable.
On aimera ce tître en un si digne époux,
Et l'Empire est à moy si l'on me voit à vous.

OTHON,

Ah! Madame, quittez cette vaine espérance
De nous voir quelque jour remettre en la balance.
S'il faut que de Pison on accepte la loy,
Rome, tant qu'il vivra, n'aura plus d'yeux pour moy.
Elle a beau murmurer contre un indigne maistre,
Elle en souffre, pour lasche, ou meschant qu'il puisse estre.
Tibére étoit crüel, Caligule brutal,
Claude foible, Néron en forfaits sans égal,
Il se perdit luy mesme à force de grands crimes,
Mais le reste a passé pour Princes légitimes.
Claude mesme, ce Claude & sans cœur & sans yeux,
A peine les ouvrit qu'il devint furieux,
Et Narcisse & Pallas l'ayant mis en furie
Firent sous son aveu régner la barbarie.
Il régna toutefois, bien qu'il se fist haïr,
Iusqu'à ce que Néron se fascha d'obéïr,
Et ce monstre ennemy de la vertu Romaine
N'a succombé que tard sous la commune haine.
Par ce qu'ils ont osé jugez sur vos refus
Ce qu'osera Pison gouverné par Lacus:
Il aura peine à voir, luy qui pour vous soûpire,
Que vostre Hymen chez moy laisse un droit à l'Empire,
Chacun sur ce panchant voudra faire sa Cour,
Et le pouvoir supréme enhardit bien l'amour.

Si Néron qui m'aimoit osa m'oster Poppée,
Jugez pour ressaisir vostre main usurpée,
Quel scrupule on aura du plus noir attentat,
Contre un rival ensemble & d'amour & d'Etat.
Il n'est point ny d'éxil, ny de Lusitanie,
Qui dérobe à Pison le reste de ma vie,
Et je sçay trop la Cour pour douter un moment,
Ou des soins de sa haine, ou de l'événement.

CAM.

Et c'est la ce grand cœur qu'on croyoit intrépide?
Le péril comme un autre à mes yeux l'intimide,
Et pour monter au trosne, & pour me posséder,
Son espoir le plus beau n'ose rien hazarder?
Il redoute Pison? Dites moy donc, de grace,
Si d'aimer en lieu mesme on vous a veu l'audace,
Si pour vous & pour luy le trosne eut méme appas,
Etes vous moins rivaux pour ne mépouser pas?
A quel droit voulez vous que cette haine cesse
Pour qui luy disputa ce trosne & sa Maîtresse,
Et qu'il veuille oublier se voyant Souverain
Que vous pouvez dans l'ame en garder le dessein?
Ne vous y trompez plus, il a veu dans cette ame,
Et vostre ambition, & toute vostre flame,
Et peut tout contre vous, à moins que contre luy
Mon Hymen chez Galba vous asseure un appuy.

OTHON.

Et bien, il me perdra pour vous avoir aimée,
Sa haine sera douce à mon ame enflamée,
Et tout mon sang n'a rien que je veuille épargner,
Si ce n'est que par là que vous pouvez régner,
Permettez cependant à cét amour sincére
De vous redire encor ce qu'il n'ose vous taire;
En l'état qu'est Pison, il vous faut aujourd'huy
Renoncer à l'Empire ou le prendre avec luy.

Avant qu'en décider pensez y bien, Madame,
C'est vostre intérest seul qui fait parler ma flame,
Il est mille douceurs dans un grade si haut,
Où peut-estre avez vous moins pensé qu'il ne faut,
Peut-estre en un moment serez-vous détrompée,
Et si j'osois encor vous parler de Poppée,
Ie dirois que sans doute elle m'aimoit un peu,
Et qu'un trosne alluma bien-tost un autre feu.
Le Ciel vous a fait l'ame & plus grande & plus belle,
Mais vous étes Princesse, & femme enfin comme elle.
L'horreur de voir une autre au rang qui vous est deu,
Et le juste chagrin d'avoir trop descendu,
Presseront en secret cette ame de se rendre
Mesme au plus foible espoir de le pouvoir reprédre.
Les yeux ne veulent pas en tout temps se fermer,
Mais l'Empire en tout temps a dequoy les charmer,
L'amour passe ou languit, & pour fort qu'il puisse estre,
De la soif de régner il n'est pas toûjours maistre.

CAMILLE.

Ie ne sçay quel amour je vous ay pû donner,
Seigneur, mais sur l'Empire il aime à raisonner,
Ie l'y trouve assez fort, & mesme d'une force
A montrer qu'il connoit tout ce qu'il a d'amorce,
Et qu'à ce qu'il me dit touchant un si grand choix,
Il a daigné penser un peu plus d'une fois.
Ie veux croire avec vous qu'il est ferme & sincere,
Qu'il me dit seulement ce qu'il n'ose me taire,
Mais à parler sans feinte....

OTHON.

Ah! Madame, croyez....

CAMILLLE.

Ouy, j'en croiray Pison à qui vous m'envoyez,

Et vous, pour vous donner quelque peu plus de
joye,
Vous en croirez Plautine à qui je vous renvoye.
Ie n'en ſuis point jalouſe, & le dy ſans couroux,
Vous n'aimez que l'Empire, & je n'aimois que vous.
N'en appréhendez rien, je ſuis femme & Princeſſe,
Sans en avoir pourtant l'orgueil, ny la foibleſſe,
Et voſtre aveuglement me fait trop de pitié,
Pour l'accabler encor de mon inimitié.

OTHON.

Que je voy d'appareils, Albin, pour ma rüine!

ALBIN.

Seigneur, tout eſt perdu, ſi vous voyez Plautine.

OTHON.

Allons y toutefois, le trouble où je me voy
Ne peut ſouffrir d'avis que d'un cœur tout à moy.

Fin du troiſiéme Acte.

ACTE QVATRIESME.

SCENE I.

OTHON, PLAVTINE.

PLAVTINE.

QVe voulez vous, Seigneur, qu'enfin je vous conseille?
Ie sens un trouble égal d'une douleur pareille,
Et mon cœur tout à vous n'est pas assez à soy,
Pour trouver un reméde aux maux que je prévoy.
Ie ne sçay que pleurer, je ne sçay que vous plaindre.
Le seul choix de Pison nous donne tout à craindre,
Mon pére vous a dit qu'il ne laisse à tous trois
Que l'espoir de mourir ensemble à nostre choix;
Et nous craignons de plus une amante irritée
D'une offre en moins d'un jour receüe & rétractée,
D'un hommage où la suite a si peu répondu,
Et d'vn trosne qu'en vain pour vous elle a perdu.
Pour vous avec ce trosne elle étoit adorable,
Pour vous elle y renonce, & n'a plus rien d'aimable;
Où ne portera point un si juste couroux
La honte de se voir sans l'Empire & sans vous?
Honte d'autant plus grande, & d'autant plus sensible,
Qu'elle s'y promettoit un retour infaillible,
Et que sa main par vous croyoit trop regagner
Ce que son cœur pour vous paroissoit dédaigner.

OTHON.

Ie n'ay donc qu'à mourir, je l'ay voulu, Madame,
Quand je l'ay pû sans crime en faveur de ma flame,

Et je le doy vouloir quand vostre Arrest crüel
Pour mourir justement m'a rendu criminel.
Vous m'avez commandé de m'offrir à Camille,
Graces à nos mal-heurs ce crime est inutile,
Ie mourray tout à vous, & si pour obéïr
I'ay paru mal aimer, j'ay semblé vous trahir,
Ma main par ce mesme ordre à vos yeux enhardie
Lauera dans mon sang ma fausse perfidie.
N'enviez pas, Madame, à mon sort inhumain
La gloire de finir du moins en vray Romain,
Après qu'il vous a plû de me rendre incapable
Des douceurs de mourir en Amant véritable.

PLAVTINE.

Bien loin d'en condamner la noble passion,
I'y veux borner ma joye & mon ambition.
Pour de moindres malheurs on renonce à la vie.
Soyez seur de ma part de l'éxemple d'Arrie,
I'ay la main aussi ferme, & le cœur aussi grand,
Et quand il le faudra je sçay comme on s'y prend.
Si vous daigniez, Seigneur jusque là vous contraindre,
Peut-estre espérerois-je en voyant tout à craindre.
Camille est irritée, & se peut appaiser:

OTHON.

Me condamneriez-vous, Madame, a l'épouser?

PLAVTINE.

Que n'y puis je moy-mesme opposer ma défense?
Mais si vos jours enfin n'ont point d'autre asseurance,
S'il n'est point d'autre azile:

OTHON.

Ah! courons à la mort,
Ou si pour l'éviter il faut nous faire effort,
Subissons de Lacus toute la tyrannie.
Avant que me soûmettre à cette ignominie,

I'en

I'en sçauray préférer les plus barbares coups
A l'affront de me voir sans l'Empire & sans vous,
Aux hontes d'un Hymen qui me rendroit infame,
Puisqu'on fait pour Camille un crime de sa flame,
Et qu'on luy vole un trosne en haine d'une foy
Qu'a voulu son amour ne promettre qu'à moy.
Non que pour moy sans vous ce trosne eust aucuns charmes,
Pour vous je le cherchois, mais non-pas sans alarmes,
Et si tantost Galba ne m'eust point dédaigné,
I'aurois porté le sceptre & vous auriez régné:
Vos seules volontez mes dignes Souveraines
D'un Empire si vaste auroient tenu les resnes,
Vos loix....

PLAVTINE.

C'est donc à moy de vous faire Empereur,
Ie l'ay pû, les moyens d'abord m'ont fait horreur,
Mais je sçauray la vaincre, & me donnant moy-mesme
Vous asseurer ensemble & vie & Diadème,
Et réparer par là le crime d'un orgueil
Qui vous dérobe un Trosne & vous ouvre un cercueil.
De Martian pour vous j'aurois eu le suffrage,
Si j'auois pû souffrir son insolent hommage,
Son amour....

OTHON.

Martian se connoistroit si peu,
Que d'oser....

PLAVTINE.

Il n'a pas encore éteint son feu.
Et du choix de Pison quelles que soient les causes,
Ie n'ay qu'à dire un mot pour brouiller bien des choses.

OTHON.

Vous vous ravaleriez jusques à l'écouter,

PLAVTINE.

Pour vous j'iray Seigneur jusques à l'accepter.

OTHON.

Consultez vostre gloire, elle sçaura vous dire....

PLAVTINE.

Qu'il est de mon devoir de vous rendre l'Empire.

OTHON.

Qu'un front encor marqué des fers qu'il a portez....

PLAVTINE.

A droit de me charmer s'il fait vos seuretez.

OTHON.

En concevez-vous bien toute l'ignominie ?

PLAVTINE.

Ie n'en puis voir, Seigneur à vous sauver la vie,

OTHON.

L'épouser à ma veüe, & pour comble d'ennuy,

PLAVTINE.

Donnez vous à Camille, ou je me donne à luy.

OTHON.

Périssons, périssons, Madame, l'un pour l'autre,
Avec toute ma gloire, avec toute la vostre,
Pour nous faire un trépas dont les Dieux soient jaloux,
Rendez-vous toute à moy, comme moy tout à vous;
Ou si pour conserver en vous tout ce que j'ai e,
Mon malheur vous obstine à vous donner vous-mesme,
Du moins de vostre gloire ayez un soin égal,
Et ne me préférez qu'un illustre Rival.
I'en mourray de douleur, mais je mourrois de rage,
Si vous me préfériez un reste d'esclavage.

SCENE II.

VINIVS, OTHON, PLAVTINE.

OTHON.

AH! Seigneur, empeſchez que Plautine....

VINIVS.

Seigneur,
Vous empeſcherez tout ſi vous avez du cœur.
Malgré de nos destins la rigueur importune,
Le Ciel met en vos mains toute noſtre fortune.

PLAVTINE.

Seigneur, que dites-vous?

VINIVS.

Ce que ie viens de voir,
Que pour eſtre Empereur il n'a que le vouloir.

OTHON.

Ah! Seigneur, plus d'Empire, à moins qu'avec Plautine.

VINIVS.

Saiſiſſez-vous d'un Troſne où le Ciel vous destine,
Et pour choiſir vous-meſme avec qui le remplir
A vos heureux destins aidez à s'accomplir.
L'Armée a veu Piſon, mais avec un murmure
Qui ſēbloit mal gouſter ce qu'on nous fait d'injure.
Galba ne l'a produit qu'avec ſévérité,
Sans faire aucun espoir de liberalité.
Il pouvoit ſous l'appas d'une feinte promeſſe
Ietter dans les Soldats un moment d'allegreſſe;
Mais il a mieux aimé hautement protester
Qu'il ſçavoit les choiſir & non les acheter.

Ces hautes duretez à contre-temps pouſſées
Ont r'appelé l'horreur des crüautez paſſées,
Lors que d'Eſpagne à Rome il ſema ſon chemin
De Romains immolez à ſon nouveau deſtin,
Et qu'ayant de leur ſang ſouillé chaque contrée
Par un nouveau carnage il y fit ſon entrée.
Auſſi durant le temps qu'a harangué Piſon
Ils ont de rang en rang fait courir voſtre nom,
Quatre des plus zélez ſont venus me le dire,
Et m'ont promis pour vous les Troupes & l'Empire.
Courez donc à la Place où vous les trouverez,
Suivez-les dans leur Camp & vous en aſſeurez,
Vn temps bien pris peut tout.

OTHON.

Si cét astre contraire
Qui m'a....

VINIVS.

Sans discourir faites ce qu'il faut faire,
Vn moment de ſéjour peut tout déconcerter,
Et le moindre ſoupçon vous va faire arréter.

OTHON.

Avant que de partir ſouffrez que je protéste...

VINIVS.

Partez, en Empereur vous nous direz le reste.

SCENE III.

VINIVS, PLAVTINE.

VINIVS.

CE n'eſt pas tout, ma fille, un bonheur plus certain,
Quoy qu'il puiſſe arriver, met l'Empire en ta main.

PLAVTINE.

Flateriez-vous Othon d'une vaine chimére?

VINIVS.

Non, tout ce que j'ay dit n'eſt qu'un rapport ſincére,
Ie croy te voir régner avec ce cher Othon,
Mais n'eſpére pas moins du coſté de Piſon.
Galba te donne à luy. Piqué contre Camille,
Dont l'amour a rendu ſon projét inutile,
Il veut que cét Hymen puniſſant ſes refus
Réüniſſe avec moy Martian & Lacus,
Et trompe heureuſement les préſages ſiniſtres
De la diviſion qu'il voit en ſes Miniſtres.
Ainſi des deux coſtez on combatra pour toy,
Le plus heureux des Chefs t'apportera ſa foy,
Sans part à ſes périls tu l'auras à ſa gloire,
Et verras à tes pieds l'une ou l'autre victoire.

PLAVTINE.

Quoy, mon cœur par vous-meſme à ce Heros donné
Pourroit ne l'aimer plus s'il n'eſt point couronné,
Et s'il faut qu'à Piſon ſon mauuais ſort nous livre,
Pour ce meſme Piſon je pourrois vouloir vivre?

VINIVS.

Si nos communs ſouhaits ont un contraire effet,
Tu te peux faire encor l'effort que tu t'ès fait,
Et qui vient de donner Othon au Diadème,
Pour régner à ſon tour peut ſe donner ſoy-meſme.

PLAVTINE.

Si pour le couronner j'ay fait un noble effort,
Doy-je en faire un honteux pour joüir de ſa mort !
Ie me privois de luy ſans me vendre à perſonne,
Et vous voulez, Seigneur, que ſon trépas me donne,
Que mon cœur entraiſné par la ſplendeur du rang,
Vole après une main fumante de ſon ſang,
Et que de ſes malheurs triomphante & ravie
Ie ſois l'infame prix d'avoir tranché ſa vie ?
Non, Seigneur, nous aurons meſme ſort aujour-d'huy,
Vous me verrez régner, ou périr avec luy,
Ce n'eſt qu'a l'un des deux que tout ce cœur aspire.

VINIVS.

Que tu vois mal encor ce que c'eſt que l'Empire !
Si deux jours ſeulement tu pouvois l'eſſayer,
Tu ne croirois jamais le pouvoir trop payer,
Et tu verrois périr mille amants avec joye,
S'il falloit tout leur ſang pour t'y faire une voye.
Aime Othon, ſi tu peux t'en faire un ſeur appuy,
Mais s'il en eſt beſoin, aime toy plus que luy,
Et ſans t'inquiéter où fondra la tempeſte,
Laiſſe aux Dieux à leur choix écraſer une teſte,
Pren le ſcéptre aux dépens de qui ſuccombera,
Et régne ſans ſcrupule avec qui régnera.

PLAVTINE.

Que voſtre Politique a d'étranges maximes !
Mon amour, s'il l'oſoit, y trouveroit des crimes,
Ie ſçais aimer Seigneur, je ſçay garder ma foy,
Ie ſçay pour un amant faire ce que je doy,

Ie sçais à son bonheur m'offrir en sacrifice,
Et je sçauray mourir si je voy qu'il périsse :
Mais je ne sçay point l'art de forcer ma douleur
A pouvoir recueillir les fruits de son malheur.

VINIUS.

Tien pourtant l'ame preste à le mettre en usage,
Change de sentimens, ou du moins de langage,
Et pour mettre d'accord ta fortune & ton cœur,
Souhaite pour l'amant, & te garde au vainqueur.
Adieu, je vois entrer la Princesse Camille :
Quelque trouble où tu sois monstre une ame tranquille,
Profite de sa faute, & tien l'œil mieux ouvert
Au vif & doux éclat du trosne qu'elle perd.

SCENE IV.

CAMILLE, PLAUTINE, ALBIANE

CAMILLE.

AGrérez-vous, Madame, un fidelle service,
Dont je viens faire hommage à mon Imperatrice ?

PLAUTINE.

Ie croy n'avoir pas droit de vous en empescher,
Mais ce n'est pas icy qu'il vous la faut chercher.

CAMILLE.

Lors que Galba vous donne à Pison pour épouse...

PLAUTINE.

Il n'est pas encor temps de vous en voir jalouse.

CAMILLE.

Si j'aimois toutefois, ou l'Empire, ou Pison,
Ie pourrois déja l'estre avec quelque raison.

PLAVTINE.

Et si j'aimois Madame, ou Pison, ou l'Empire,
I'aurois quelque raison de ne m'en pas dédire.
Mais vostre éxemple apprend aux cœurs comme le mien
Qu'un généreux mépris quelquefois leur sied bien.

CAMILLE.

Quoy? l'Empire & Pison n'ont rien pour vous d'aimable!

PLAVTINE.

Ce que vous dédaignez je le tiens méprisable,
Ce qui plaist à vos yeux aux miens semble aussi doux,
Tant je trouve de gloire à me régler sur vous.

CAMILLE.

Donc si j'aimois Othon...

PLAVTINE.

Ie l'aimerois de mesme,
Si ma main avec moy donnoit le Diadème.

CAMILLE.

Ne peut-on sans le trosne estre digne de luy?

PLAVTINE.

Ie m'en rapporte à vous qu'il aime d'aujourd'huy.

CAMILLE.

Vous pouvez mieux qu'une autre en dire des Nouvelles,
Et comme vos ardeurs ont été mutüelles,
Vostre éxemple ne laisse à personne à douter
Qu'à moins de la Couronne on peut le mériter.

PLAVTINE.

Mon éxemple ne laisse à douter à personne
Qu'il pourra vous quitter à moins de la Couronne.

CAMILLE.

Il a trouvé sans elle en vos yeux tant d'appas ...

PLAVTINE.

Toutes les passions ne se ressemblent pas.

CAMILLE.

En effet vous avez un mérite si rare !

PLAVTINE.

Mérite à part, l'amour est quelquefois bizarre,
Selon l'objet divers le goust est différent,
Aux unes on se donne, aux autres on se vend.

CAMILLE.

Qui connoissoit Othon pouvoit à la pareille
M'en donner en amie un avis à l'oreille.

PLAVTINE.

Et qui l'estime assez pour l'élever si haut,
Peut quand il luy plaira m'apprendre ce qu'il vaut,
Afin que si mes feux ont ordre de renaistre ...

CAMILLE.

I'en ay fait quelque estime avant que le connoistre.
Et vous l'ay renvoyé dès que je l'ay connû.

PLAVTINE.

Qui vient de vostre part est toûjours bien-venu.
I'accepte le present, & croy pouvoir sans honte
L'ayant de vostre main en tenir quelque conte.

CAMILLE.

Pour vous rendre son ame il vous est venu voir.

PLAVTINE.

Pour négliger vostre ordre il sçait trop son devoir.

CAMILLE.

Il vous a tost quittée, & son ingratitude...

PLATINE.

Vous met-elle, Madame, en quelque inquiétude?

CAMILLE.

Non, mais j'aime à sçavoir comment on m'obéït.

PLAVTINE.

La curiosité quelquefois nous trahit,
Et par un demy-mot que du cœur elle tire
Souvent elle dit plus qu'elle ne pense dire.

CAMILLE.

La mienne ne dit pas tout ce que vous pensez.

PLAVTINE.

Sur tout ce que je pense elle s'explique assez.

CAMILLE

Souvent trop d'intérest que l'amour force à prendre
Entend plus qu'on ne dit, & qu'on ne doit entendre.
Si vous sçaviez quel est mon plus ardent desir...

PLAVTINE,

D'Othon & de Pison je vous donne à choisir.
Mon peu d'ambition vous rend l'un avec joye,
Et pour l'autre, s'il faut que je vous le renvoye,
Mon amour, je l'avoüe, en pourra murmurer,
Mais vous sçavez qu'au vostre il aime à déférer.

CAMILLE.

Ie pourray me passer de cette déférence.

PLAVTINE.

Sans doute, & toutefois si j'en croy l'apparence....

CAMILLE.

Brisons-là, ce discours déviendroit ennuyeux.

PLAVTINE.

Martian que je voy vous entrétiendra mieux,
Agréez ma retraite, & souffrez que j'évite
Vn esclave insolent de qui l'amour m'irrite.

SCENE V.

CAMILLE, MARTIAN, ALBIANE

CAMILLE.

A Ce qu'elle me dit, Martian, vous l'aimez?

MARTIAN.

Malgré ses fiers mépris mes yeux en sont charmez.
Cependant, pour l'Empire, il est à vous encore,
Galba s'est laissé vaincre, & Pison vous adore,

CAMILLE.

De vostre haut crédit c'est donc un pur effet?

MARTIAN.

Ne désavouez point ce que mon zèle a fait.
Mes soins de l'Empereur ont fléchy la colére,
Et renvoyé Plautine obéïr chez son pére,
Nostre nouveau César la vouloit épouser,
Mais j'ay sçeu le resoudre à s'en désabuser,
Et Galba que le sang presse pour sa famille
Permet a Vinius de mettre ailleurs sa fille,
L'un vous rend la Couronne, & l'autre tout son cœur.
Voyez mieux qu'elle en est la gloire & la douceur,
Quelle félicité vous vous étiez ostée
Par une aversion un peu précipitée ...
Et pour vos intérests daignez considérer ....

CAMILLE.

Ie voy quelle est ma faute, & puis la réparer,
Mais je veux, (car jamais on ne m'a veuë ingrate)
Que ma reconnoissance auparavant éclate,
Et n'accorderay rien qu'on ne vous fasse heureux.

Vous aimez, dites-vous, cét objet rigoureux,
Et Pison dans sa main ne verra point la mienne,
Qu'il n'ait réduit Plautine à vous donner la sienne:
Si pourtant le mépris qu'elle fait de vos feux
Ne vous a pû contraindre à former d'autres vœux.

MARTIAN.

Ah! Madame, l'Hymen a de si douces chaisnes,
Qu'il luy faut peu de temps pour calmer bien des haines,
Et du moins mon bonheur sçauroit avec éclat
Vous vanger de Plautine, & punir un ingrat.

CAMILLE.

Ie l'avois préféré, cét ingrat, à l'Empire,
Ie l'ay dit, & trop haut pour m'en pouvoir dédire,
Et l'amour qui m'apprend le foible des amans
Vnit vos plus doux vœux à mes ressentimens,
Pour me faire ébaucher ma vangeance en Plautine,
Et l'achever bien-tost par sa propre ruine.

MARTIAN.

Ah! si vous la voulez, je sçay des bras tous prests,
Et j'ay tant de chaleur pour tous vos intérests...

CAMILLE.

Ah, que c'est me donner une sensible joye!
Ces bras que vous m'offrez faites que je les voye,
Que je leur donne l'ordre & prescrive le temps.
Ie veux qu'aux yeux d'Othon vos desirs soient contens,
Que luy-mesme il ait veu l'Hymen de sa Maîtresse
Livrer entre vos bras l'objet de sa tendresse,
Qu'il ait ce désespoir avant que de mourir:
Après, à son trépas vous me verrez courir;
Iusque-là gardez-vous de rien faire entreprendre.
Du pouvoir qu'on me rend, vous devez tout attēdre,
Allez vous préparer à ces heureux momens,
Mais n'éxécutez rien sans mes commandemens.

SCENE VI.

SCENE VI.

CAMILLE, ALBIANE.

ALBIANE.

VOus voulez perdre Othon! vous le pouvez, Madame!

CAMILLE.

Que tu pénétres mal dans le fond de mon ame!
De son lasche rival voyant le noir projet
J'ay sceeu par cette adresse en arréter l'éffet,
M'en rendre la maîtresse, & je seray ravie
S'il peut sçavoir les soins que je prens de sa vie.
Va me chercher ton frére, & fay que de ma part
Il apprenne par luy ce qu'il court de hazard,
A quoy va l'éxposer son aveugle conduite,
Et qu'il n'est plus pour luy de salut qu'en la fuite.
C'est tout ce qu'à l'amour peut souffrir mon couroux.

ALBIANE.

Du couroux à l'amour le retour seroit doux.

SCENE VII.

CAMILLE, RVTILE, ALBIANE.

RVTILE.

AH! Madame, apprenez quel malheur nous menace,
Quinze ou vingt révoltez au milieu de la Place
Viennent de proclamer Othon pour Empereur.

CAMILLE.

Et de leur insolence Othon n'a point d'horreur,
Luy qui sçait qu'aussi-tost ces tumultes avortent?

RVTILE.

Ils le ménent au Camp, ou plûtost ils l'y portent,
Et ce qu'on voit de peuple autour d'eux s'amasser
Frémit de leur audace, & les laisse passer.

CAMILLE.

L'Empereur le sçait-il?

RVTILE.

Ouy, Madame, il vous mande,
Et pour un prompt reméde à ce qu'on appréhende,
Pison de ces mutins va courir sur les pas
Avec ce qu'on pourra luy trouver de soldats.

CAMILLE.

Puisqu'Othon veut périr, consentons qu'il périsse.
Allons presser Galba pour son juste supplice.
Du couroux à l'amour si le retour est doux,
On repasse aisément de l'amour au couroux.

Fin du quatriéme Acte.

ACTE V.

SCENE I.

GALBA, CAMILLE, RUTILE, ALBIANE.

GALBA.

Je vous le dis encor, redoutez ma vengeance,
Pour peu que vous soyez de son intelligence.
On ne pardonne point en matiére d'Etat,
Plus on chérit la main, plus on hait l'attentat.
Et lors que la fureur va jusqu'au sacrilége,
Le Séxe ny le sang n'ont point de privilége.

CAMILLE.

Cét indigne soupçon seroit bien-tost détruit,
Si vous voyiez du crime où doit aller le fruit.
Othon qui pour Plautine au fond du cœur soûpire,
Othon qui me dédaigne à moins que de l'Empire,
S'il en fait sa conqueste & vous peut détrosner,
Laquelle de nous deux voudra-t'il couronner?
Pourrois-je de Pison conspirer la rüine,
Qui m'arrachant du trosne y porteroit Plautine?
Croyez mes interests, si vous doutez de moy,
Et sur de tels garands asseuré de ma foy,
Tournez sur Vinius toute la défiance
Dont veut ternir ma gloire une injuste croyance.

GALBA.

Vinius par son zèle est trop justifié,
Voyez ce qu'en un jour il m'a sacrifié.

Il m'offre Othon pour vous qu'il ſouhaitoit pour gendre,
Ie le rends à ſa fille, il aime à le reprendre,
Ie la veux pour Piſon, mon vouloir eſt ſuivy,
Ie vous mets en ſa place, & l'en trouve ravy,
Son amy ſe révolte, il preſſe ma colére,
Il donne à Martian Plautine à ma priére,
Et je ſoupçonnerois un crime dans les vœux
D'un homme qui s'attache à tout ce que je veux?

CAMILLE.

Qui veut également tout ce qu'on luy propoſe
Dans le ſecret du cœur ſouvent veut autre choſe,
Et maiſtre de ſon ame, il n'a point d'autre foy,
Que celle qu'en ſoy-meſme il ne donne qu'à ſoy.

GALBA.

Cét Hymen toutefois eſt l'épreuve derniére
D'une foy toûjous pure, inviolable, entiére,

CAMILLE.

Vous verrez à l'effet comment elle agira,
Seigneur, & comme enfin Plautine obéïra.
Seur de ſa réſiſtance, & ſe flatant peut-eſtre
De voir bien-toſt icy ſon cher Othon le Maiſtre,
Dans l'état où pour vous il a mis l'avenir,
Il promet aiſément plus qu'il ne veut tenir,

GALBA.

Le devoir déſunit l'amitié la plus forte,
Mais l'amour aiſément ſur ce devoir l'emporte,
Et ſon feu qui jamais ne s'éteint qu'à demy
Intéreſſe une amante autrement qu'un amy.
I'aperçoy Vinius. Qu'on m'améne ſa fille.
I'en puniray le crime en toute la famille,
Si jamais je puis voir par où n'en point douter;
Mais auſſi jusque-là j'aurois tort d'éclater.

SCENE II.

GALBA, CAMILLE, VINIVS, LACVS, ALBIANE.

GALBA.

IE voy d'alleurs Lacus. Et bien, quelles Nouvelles?
Qu'apprenez-vous tous deux du camp de nos rebelles?

VINIVS.

Que ceux de la Marine & les Illyriens
Se sont avec chaleur joints aux Prétoriens,
Et que des bords du Nil les Troupes rapelées
Seules par leurs fureurs ne sont point ébranlées.

LACVS.

Tous ces mutins ne sont que de simples soldats,
Aucun des Chefs ne trempe en leurs vains attentats:
Ainsi ne craignez rien d'une masse d'Armée
Où déja la discorde est peut-estre allumée.
Si-tost qu'on y sçaura que le Peuple à grands cris
Veut que de ces complots les autheurs soient proscrits,
Que du perfide Othon il demande la teste,
La consternation calmera la tempeste,
Et vous n'avez, Seigneur, qu'à vous y faire voir
Pour rendre d'un coup d'œil chacun à son devoir.

GALBA.

Irons nous, Vinius, haster par ma présence
L'effet d'une si douce & si juste espérance?

VINIVS.

Ne hazardez, Seigneur, que dans l'extrémité
Le redoutable effet de vostre authorité.
Alors qu'il réüssit, tout fait jour, tout luy céde,
Mais aussi quand il manque il n'est plus de reméde.
Il faut pour déployer le souverain pouvoir,
Seureté toute entiére, ou profond desespoir,
Et nous ne sommes pas, Seigneur, à ne rien feindre,
En état d'oser tout, non-plus que de tout craindre.
Si l'on court au grand crime avec avidité,
Laissez en rallentir l'impétüosité,
D'elle mesme elle avorte, & la peur des supplices
Arme contre le Chef ses plus zèlez complices,
Vn salutaire avis agit avec lenteur.

LACVS.

Vn véritable Prince agit avec hauteur,
Et je ne conçoy point cét avis salutaire,
Quand on couronne Othon, de le regarder faire.
Si l'on court au grand crime avec avidité,
Il en faut réprimer l'impétüosité,
Avant que les esprits qu'un juste effroy balance
S'y puissent enhardir sur nostre nonchalance,
Et prennent le dessus de ces conseils prudents,
Dont on cherche l'effet, quand il n'en est plus temps.

VINIVS.

Vous détruirez toûjours mes conseils par les vostres;
Le seul ton de ma voix vous en inspire d'autres,
Et tant que vous aurez ce rare & haut crédit
Ie n'auray qu'à parler pour estre contredit.
Pison, dont l'heureux choix est vostre digne ouvrage,
Ne seroit que Pison, s'il eust eu mon suffrage:
Vous n'avez soûlevé Martian contre Othon
Que parce que ma bouche a proféré son nom,

Et verriez comme un autre une preuve assez claire
De combien vostre avis est le plus salutaire,
Si vous n'aviez fait vœu d'estre jusqu'au trépas
L'ennemy des conseils que vous ne donnez pas.

LACVS.

Et vous l'amy d'Othon, c'est tout dire, & peut-estre
Qui le vouloit pour gendre, & l'a choisy pour maître,
Ne fait encor de vœux qu'en faveur de ce choix
Pour l'avoir & pour maistre & pour gendre à la fois.

VINIVS.

I'étois l'amy d'Othon, & le ténois à gloire
Iusqu'à l'indignité d'une action si noire,
Que d'autres nommeront l'effet du desespoir
Où l'a malgré mes soins plongé vostre pouvoir.
Ie l'ay voulu pour gendre, & choisy pour l'Empire;
A l'un ny l'autre choix vous n'auez pû souscrire;
Par là de tout l'Etat le bonheur s'aggrandit,
Et vous voyez aussi comme il vous applaudit.

GALBA.

Qu'un Prince est malheureux quand de ceux qu'il écoute
Le zèle cherche à prendre une diverse route,
Et que l'attachement qu'ils ont au propre sens
Pousse jusqu'à l'aigreur des conseils différens!
Ne me trompay-je point, & puis-je nommer zèle
Cette haine à tous deux obstinément fidelle,
Qui peut estre en dépit des maux qu'elle prévoit
Seule en mes intérests se consulte & se croit?
Faites mieux, & croyez en ce péril extrème,
Vous, que Lacus me sert, vous, que Vinius m'aime;
Ne haïssez qu'Othon, & songez qu'aujourd'huy
Vous n'avez à parler tous deux que contre luy.

VINIVS.

I'ofe donc vous redire en ferviteur fincére
Qu'il fait mauvais pouffer tant de gens en colére,
Qu'il faut donner aux bons pour s'entrefoûtenir
Le temps de fe remettre & de fe réünir,
Et laiffer aux méchans celuy de reconnoiftre
Quelle eft l'impiété de fe prendre à fon maiftre.
Pifon peut cependant amufer leur fureur,
De vos reffentimens leur donner la terreur,
Y joindre avec addreffe un espoir de clémence
Au moindre repentir d'une telle infolence,
Et s'il vous faut enfin aller à fon fecours,
Ce qu'on veut à prefent on le pourra toûjours.

LACVS.

I'en doute, & croy parler en ferviteur fincére,
Moy qui n'ay point d'amis dans le party contraire.
Attendrons nous, Seigneur, que Pifon repouffé
Nous vienne enfévelir fous l'Etat renverfé,
Qu'on defcende en la Place en bataille rangée,
Qu'on tienne en ce Palais voftre Cour affiégée,
Que jusqu'au Capitole Othon aille à vos yeux
De l'Empire ufurpé rendre graces aux Dieux,
Et que le front paré de voftre Diadème
Ce traiftre trop heureux ordonne de vous-mefme?
Allons, allons, Seigneur, les armes à la main
Soûtenir le Sénat & le peuple Romain;
Cherchons aux yeux d'Othon un trépas à leur tefte,
Pour luy plus odieux, & pour nous plus honnefte.
Et par un noble effort allons luy tefmoigner...

GALBA.

Et bien, ma niéce, & bien, eft-il doux de régner?
Eft il doux de tenir le timon d'un Empire,
Pour en voir les foûtiens toûjours fe contredire?

CAMILLE.

Plus on voit aux avis de contrariétez,
Plus à faire un bon choix on reçoit de clartez.
C'est ce que je dirois si je n'étois suspecte :
Mais je suis à Pison, Seigneur, & vous respecte,
Et ne puis toutefois retenir ces deux mots,
Que si l'on m'avoit creüe on seroit en repos.
Plautine qu'on améne aura mesme pensée.
D'une vive douleur elle paroit blessée ...

SCENE III.

GALBA, CAMILLE, VINIVS, LACVS PLAVTINE, RVTILE, ALBIANE.

PLAVTINE.

IE ne m'en défens point, Madame, Othon est mort,
De quiconque entre icy c'est le commun rapport,
Et son trépas pour vous n'aura pas tant de charmes,
Qu'à vos yeux comme aux miens il n'en couste des larmes.

GALBA.

Dit-elle vray, Rutile, ou m'en flatay-je en vain ?

RVTILE.

Seigneur, le bruit est grand, & l'autheur incertain,
Tous veulent qu'il soit mort, & c'est la voix publique,
Mais comment, & par qui, c'est ce qu'aucun n'explique.

GALBA.

Allez, Lacus, vous-mesme prendre soin
De nous en faire voir un asseuré témoin,
Et si de ce grand coup l'autheur se peut connoistre...

SCENE IV.

GALBA, VINIUS, LACUS, CAMILLE, PLAUTINE, MARTIAN, ATTICUS, RUTILE, ALBIANE.

MARTIAN.

QV'on ne le cherche plus, vous le voyez paroistre.
Seigneur, c'est par sa main qu'un rebelle puny...

GALBA.

Par celle d'Atticus ce grand trouble a finy!

ATTICUS.

Mon zèle l'a poussée, & les Dieux l'ont conduite,
Et c'est à vous, Seigneur, d'en arréter la suite,
D'empescher le desordre, & borner les rigueurs
Où contre des vaincus s'emportent des vainqueurs.

GALBA.

Courons-y. Cependant consolez vous, Plautine,
Ne pensez qu'à l'époux que mon choix vous destine.
Vinius vous le donne, & vous l'accepterez,
Quand vos prémiers soûpirs seront évaporez.
C'est à vous, Martian, que je la laisse en garde:
Comme c'est vostre main que son Hymen regarde,

Ménagez son esprit, & ne l'aigrissez pas.
Vous pouvez, Vinius, ne suivre point mes pas,
Et la vieille amitié, pour peu qu'il vous en reste....

VINIVS.

Ah, c'est une amitié, Seigneur, que je déteste,
Mon cœur est tout à vous, & n'a point eu d'amis,
Qu'autant qu'on les a veus à vos ordres soûmis.

GALBA.

Suivez, mais gardez-vous de trop de complaisance.

CAMILLE.

L'entretien des amants hait toute autre presence,
Madame, & je retourne en mon apartement
Rendre graces aux Dieux d'un tel evenement.

SCENE V.

MARTIAN, PAVTINE, ATTICVS, SOLDALS.

PLAVTINE.

ALlez-y renfermer des pleurs qui vous échapent.
Les desastres d'Othon ainsi que moy vous frapent,
Et si l'on avoit creu vos souhaits les plus doux,
Ce grand jour le verroit couronner avec vous.
Voilà, voilà le fruit de m'avoir trop aimée,
Voilà quel est l'effet....

MARTIAN

Si vostre ame enflamée....

PLAVTINE.

Vil esclave, est-ce à toy de troubler ma douleur ?
Est-ce à toy de vouloir adoucir mon malheur ?
A toy de qui l'amour m'ose en offrir un pire ?

MARTIAN.

Il est juste d'abord qu'un si grand cœur soûpire,
Mais il est juste aussi de ne pas trop pleurer
Vne perte facile & preste à réparer.
Il est temps qu'un Sujet à son Prince fidelle
Remplisse heureusement la place d'un rebelle ;
Vn Monarque le veut, un pére en est d'accord,
Vous devez pour tous deux vous faire un peu d'effort,
Et bannir de ce cœur la honteuse mémoire
D'un amour criminel qui souille vostre gloire.

PLAVTINE.

Lasche, tu ne vaux pas que pour te démentir
Ie daigne m'abaisser jusqu'à te repartir.
Tay-toy, laisse en repos une ame possédée
D'une plus agréable encor que triste idée,
N'interromps plus mes pleurs.

MARTIAN.

Tournez vers moy les yeux.
Après la mort d'Othon que pouvez-vous de mieux ?

PLAVTINE.

Cependant que deux Soldats entrent & parlent à Atticus à l'oreille.

Quelque insolent espoir qu'ait ta folle arrogance,
Appren que j'en sçauray punir l'extravagance,
Et percer de ma main ou ton cœur ou le mien,
Plustost que de souffrir cét infame lien.
Connoy-toy si tu veux, ou connoy-moy.

ATTICVS.

Connoy-toy, si tu peux, ou connoy moy.

ATTICVS.

De grace,

Souffrez ...

PLAVTINE.

De me parler tu prens aussi l'audace,
Assassin d'un Héros, que je verrois sans toy
Donner des loix au Monde & les prendre de moy ?
Toy, dont la main sanglante au desespoir me livre ?

ATTICVS.

Si vous aimez Othon, Madame, il va revivre,
Et vous verrez long-temps sa vie en seureté,
S'il ne meurt que des coups dont je me suis vanté.

PLAVTINE.

Othon vivroit encor !

ATTICVS.

Il triomphe, Madame,
Et maistre de l'Etat comme vous de son ame,
Vous l'allez bientost voir luy-mesme à vos genoux
Vous faire offre d'un sort qu'il n'aime que pour vous,
Et dont sa passion dédaigneroit la gloire,
Si vous ne vous faisiez le prix de sa victoire.
L'Armée à son mérite enfin a fait raison,
On porte devant luy la teste de Pison.
Et Camille tient mal ce qu'elle vient de dire,
Ou rend graces pour vous aux Dieux d'un autre Empire,
Et fatigue le Ciel par des vœux superflus
En faveur d'un party qu'il ne regarde plus.

MARTIAN.

Exécrable, ainsi dont ta promesse frivole ....

ATTICVS.

Qui promet de trahir peut manquer de parole.

Si je n'eusse promis ce lasche assassinat,
Vn autre par ton ordre eust commis l'attentat,
Et tout ce que j'ay dit n'étoit qu'un stratagème
Pour livrer en ses mains Lacus, & Galba mesme.
Galba n'a rien à craindre, on respecte son nom,
Et ce n'est que sous luy que veut régner Othon;
Quant à Lacus & toy, je voy peu d'apparence
Que vos jours à tous deux soient en mesme asseurance,
Si ce n'est que Madame ait assez de bonté
Pour fléchir un vainqueur justement irrité.
Autour de ce Palais nous avions deux Cohortes
Qui déja pour Othon en ont saisi les portes,
I'y commande, Madame, & mon ordre aujourd'huy
Est de vous obéïr, & m'asseurer de luy.
Qu'on l'emméne, Soldats, il blesse icy la veüe.

MARTIAN.

Fut-il jamais disgrace, ô Dieux, plus impréveuë!

PLAVTINE.

Ie me trouble, & ne sçay par quel pressentiment
Mon cœur n'ose gouster ce bonheur pleinement,
Il semble avec chagrin se livrer à la joye,
Et bien qu'en ses douceurs mon déplaisir se noye,
Ie ne passe de l'une à l'autre extrémité
Qu'avec un reste obscur d'esprit inquiété.
Ie sens... Mais que me veut Flavie épouuantée?

SCENE VI.

PLAVTINE, FLAVIE.

FLAVIE.

Vous dire que du Ciel la colére irritée,
Ou plûtost du Destin la jalouse fureur ...

PLAVTINE.

Auroient ils mis Othon aux fers de l'Empereur,
Et dans ce grand succez la Fortune inconstante
Auroit-elle trompé nostre plus douce attente ?

FLAVIVS.

Othon est libre, il régne, & toutefois, Helas,

PLAVTINE.

Seroit-il si blessé qu'on craignist son trépas ?

FLAVIE.

Non, par tout à sa veuë on a mis bas les armes,
Mais enfin son bonheur vous va couster des larmes.

PLAVTINE.

Explique, explique donc ce que je doy pleurer.

FLAVIE.

Vous voyez que je tremble à vous le déclarer.

PLAVTINE.

Le mal-est il si grand ?

FLAVIE.

D'un balcon chez mon frére

I'ay veu. .. Que ne peut, on, Madame, vous le taire,
Ou qu'à voir ma douleur n'avez vous deviné
Que Vinius...

PLAVTINE.

Et bien ?

FLAVIE.

Vient d'estre assassiné.

PLAVTINE.

Iuste Ciel !

FLAVIE.

De Lacus l'inimitié crüelle...

PLAVTINE.

O d'un trouble inconnu présage trop fidelle !
Lacus...

FLAVIE.

C'est de sa main que part ce coup fatal.
Tous deux près de Galba marchoient d'un pas égal,
Lors que tournant ensemble à la prémiére rüe
Ils découvrent Othon maistre de l'avenuë:
Cét effroy ne les fait reculer quelques pas
Que pour voir ce Palais saisi par vos Soldats,
Et Lacus aussi-tost étincelant de rage,
De voir qu'Othon par tout luy ferme le passage,
Lance sur Vinius un furieux regard,
L'approche sans parler, & tirant un poignard ...

PLAVTINE.

Le traistre, Helas, Flavie, ou me voy-je reduite ?

FLAVIE.

Vous m'entendez, Madame, & je passe à la suite.
Ce lasche sur Galba portant mesme fureur,
Mourez, Seigneur, dit-il, mais mourez Empereur,
Et recevez ce coup comme un dernier hommage,
Que doit à vostre gloire un généreux courage.
Galba tombe, & ce monstre enfin s'ouvrant le flanc
Mesle un sang détestable à leur illustre sang.
En vain le triste Othon à cet affreux spectacle
Précipite ses pas pour y mettre un obstacle,
Tout ce que peut l'effort de ce cher conquérant

C'eſt de verſer des pleurs ſur Vinius mourant,
De l'embraſſer tout mort. Mais le voilà, Madame,
Qui vous faira mieux voir les troubles de ſon ame.

SCENE VII.

OTHON, PLAVTINE, FLAVIE.

OTHON.

MAdame, ſçavez-vous les crimes de Lacus?

PLAVTINE.

I'apprens en ce moment que mon pére n'eſt plus,
Fuyez, Seigneur, fuyez un objet de triſteſſe,
D'un jour ſi beau pour vous gouſtez mieux l'allegreſſe.
Vous étes Empereur, épargnez vous l'ennuy
De voir qu'un pére...

OTHON.

Helas, je ſuis plus mort que luy
Et ſi voſtre bonté ne me rend une vie
Qu'en luy perçant le cœur un traiſtre m'a ravie,
Ie ne reviens icy qu'en malheureux Amant
Faire hommage à vos yeux de mon dernier moment.
Mon amour pour vous ſeule a cherché la victoire,
Ce meſme amour ſans vous n'en peut ſouffrir la gloire,
Et n'accepte le nom de maiſtre des Romains,
Que pour mettre avec moy l'Vnivers en vos mains.
C'eſt à vous d'ordonner ce qui luy reſte à faire.

PLAVTINE.

C'eſt à moy de gémir, & de pleurer mon pére.
Non que je vous impute en ma vive douleur
Les crimes de Lacus & de noſtre malheur,

Mais enfin ... OTHON.

Achevez, s'il se peut, en Amante

Nos feux ... PLAVTINE.

Ne pressez point un trouble qui s'augmente.
Vous voyez mon devoir & connoissez ma foy,
En ce funeste état répondez-vous pour moy?
Adieu, Seigneur. OTHON.

De grace, encor une parole,
Madame.

SCENE DERNIERE.

OTHON, ALBIN.

ALBIN.

On vous attend, Seigneur, au Capitole,
Et le Sénat en corps vient exprès d'y monter,
Pour jurer sur vos loix aux yeux de Iuppiter.

OTHON.

I'y cours, mais quelque honneur, Albin qu'on m'y destine,
Comme il n'auroit pour moy rien de doux sans Plautine,
Souffre du moins que j'aille en faveur de mon feu
Prendre pour y courir son ordre, ou son aveu,
Afin qu'à mon retour l'ame un peu plus tranquille
Ie puisse faire effort à consoler Camille,
Et luy jurer moy-mesme en ce malheureux jour
Vne amitié fidelle au defaut de l'amour.

FIN.

EXTRAICT DV PRIVILEGE du Roy.

PAR Grace & Privilege du Roy donné à Paris le dernier d'Octobre 1664. signé par le Roy en son Conseil GVITONNEAV; Il est permis à GVILLAVME DE LVYNE Marchand Libraire de faire imprimer vne piece de Théatre, de la composition du sieur CORNEILLE, intitulée *Othon*; pendant sept ans, & deffenses sont faites à tous autres de l'imprimer, à peine de dix mille livres d'amande, confiscation des Exemplaires, de tous dépens dommages & interests, Comme il est plus au long porté par lesdites Lettres.

Registré sur le Livre de la Communauté des Libraires, le 28 Novembre 1664.
Signé E. MARTIN. Syndic.

Achevé d'imprimer le 3. Fevrier 1665

Et ledit de Luyne a fait part pour moitié du present Privilége à Thomas Iolly, & Loüis Billaine, ...ant l'accord fait entr'eux.

Les Exemplaires ont esté fournis.

OTHON

www.ingramcontent.com/pod-product-compliance
Ingram Content Group UK Ltd.
Pitfield, Milton Keynes, MK11 3LW, UK
UKHW031934260826
14628UKWH00004B/1625

9 782019 699543